KB124116

과거로의 여행

과거로의 여행

슈테판 츠바이크 지음
원당희 옮김

Stefan
Zweig

BITSOGUL PAGE TURNERS 002

일러두기

· 각주는 옮긴이가 작성한 것입니다.

차례

과거로의 여행

Widerstand der Wirklichkeit

"오셨군요!"

그는 팔을 거의 활짝 벌리며 그녀에게 다가섰다.

"아, 오셨군요!"

그는 다시 이렇게 말했다. 그의 목소리는 점점 더 밝아지며 놀라움을 넘어 기쁨으로 변했다. 이와 동시에 그는 다정한 눈빛으로 사랑하는 여인의 자태를 훑어보았다.

"안 오실까 봐 얼마나 걱정했는지요!"

"그렇게 절 못 믿으세요?"

이렇게 살짝 책망하면서도 그녀의 입술은 미소를 머금고 있었다. 밝게 빛나는 그녀의 파란 동공에는 확신이 깃들어 있었다.

"아니, 그럴 리 없지요. 저는 조금도 의심하지 않았습니다. 부인의 말보다 확실한 게 대체 어디 있겠어요? 그래도 얼마나 어리석은지 한번 생각해 봐요! 전 갑자기 당신에게 무슨 일이 생긴 건 아닐까 하는 생각이 들어 두려움에 매우 긴장했지요. 전보를 치고 곧장 당신에게 가려고 했습니다. 시간은 흐르는데 당신이 안 오시니, 혹여 우리가 또 한 번 서로 헤어지는 것은 아닌지 마음 졸였답니다. 하지만 다행히도 이렇게 만나다니 얼마나 기쁜지요!"

"맞아요, 이렇게 제가 여기 있어요."

그녀가 살짝 웃으며 말했다. 그녀의 깊은 파란 눈동자에서 다시 영롱한 빛이 반짝였다.

"이렇게 왔고, 마음의 준비도 되어 있어요. 자, 우리 떠날까요?"

"자, 떠납시다!"

남자의 입술에서 무의식적으로 대답이 흘러나왔다. 하지만 그는 한 걸음도 떼지 않고 제자리에 선 채 그녀가 여기 있는 걸 믿을 수 없다는 듯, 하염없이 사랑스러운 눈빛으로 그녀를 바라보았다. 그들 너머 좌우에 강철과 유리로 된 덮개가 진동하는 프랑크푸르트 중앙역의 선로들이 덜커덩거리고 있었다. 동시에 삑 하고 울리는 소리가 담배 연기 자욱한 대합실의 소란한 인파 속으로 날카롭게 파고들었다. 스무 개의 표지판에는 출발을 명령하듯, 시간과 분을 가리키는 열차 시간이 게시되고 있었다. 그러는 동안 남자는 인파의 소용돌이 속에서 시간과 공간도 잊은 채 서 있었다. 그는 오직 그녀의 존재만을 느끼며 열정에 사로잡혀, 묘한 황홀감에 빠져들고 있었다. 결국 그녀가 남자를 일깨우며 말했다.

"루트비히, 떠날 시간인데 아직 차표도 없잖아요."

그제야 남자는 뭔가에 골몰하던 시선을 거두며, 경외심에 가득 차서 다정하게 그녀의 팔을 잡았다.

하이델베르크행 저녁 급행열차는 평소와 달리 만원이었다. 일등석 차표를 구입했지만, 단둘이 있을 수 있으리라는 기대는 곧 무너져 버렸다. 여기저기 둘러본 후에야 두 사람은 마침내 중년 신사 한 사람만이 구석에 기댄 채 졸고 있는 칸막이 객실을 찾아 들어갈 수 있었다. 그들은 금방 즐거워져서는 정답게 대화를 나누기 시작했다. 그런데 기차가 출발 신호를 울리기 직전, 두툼한 서류 가방을 든 세 남자가 콜록거리며 객실로 들어왔다. 얼핏 보아도 변호사라는 것을 알 수 있었다. 그들은 방금 마친 소송 때문인지 무척 흥분해 있었다. 그들이 심각하게 토론을 벌이는 바람에 두 남녀는 도저히 대화를 나눌 수 없었다. 두 사람은 체념한 채 서로 한 마디 말도 건네지 않고 자리에 앉아 있었다. 둘 중 하나가 시선을 들어 올리면, 램프의 어두운 빛에 어른거리는 상대방의 사랑스러운 눈빛을 확인할 수 있었다.

기차가 철컹하며 천천히 움직이기 시작했다. 바퀴가 덜커덩거리며 증기가 뿜어져 나왔고, 그 바람에 변호사들의 대화는 시끄러운 소음으로 변했다. 하지만 이어서 기차가 앞뒤 좌우로 흔들리더니 점차 그 흔들림은 리듬을 타기 시작했다. 강철 기차는 요람처럼 흔들리며 아득한 꿈결로 향했다. 기차 바퀴가 아래서 덜커덩거리며 눈에 보이지 않게 앞으로 달려 나가는 동안, 두 사람은 제각기 다른 상념에 빠져들면서 꿈을 꾸듯 과거로 돌아가고 있었다.

두 사람이 처음 만난 것은 9년 전이다. 그 후 그들은 서로 만날 수 없는 먼 곳에서 떨어져 지냈다. 그렇기에 이번 재회의 기쁨은 이루 말할 수 없이 강렬했다. 맙소사, 시간적으로나 공간적으로나 얼마나 멀리 떨어져 지냈던가! 9년이라면 오늘 이 밤에 이르기까지 거의 4,000번의 낮과 밤이 지난 것이 아닌가! 정말 길고 긴 시간을 잃어버리고 살았지만, 단 하나의 생각만으로 그는 순식간에 그 최초의 순간으로 되돌아갔다. 당시에 어떤 일이 있었던 것일까?

그는 당시에 있었던 일을 자세히 기억해 냈다. 스물셋의 나이에 최초로 그녀의 집에 갔을 때부터 벌써 솜털처럼 부드러운 콧수염이 그의 입술 위를 덮고 있었다. 일찍이 가난 때문에 굴욕감을 느끼며 유년기를 보낸 그는 이후 장학금을 받으며 성장하였고, 가정교사와 과외 선생으로 근근이 생활을 꾸려나갔다. 그럴 때마다 늘 궁핍과 빵 걱정 때문에 노심초사하지 않을 수 없었다. 낮에는 책 살 돈을 차곡차곡 모으고 밤에는 온 신경을 다하여 공부에 전념했다. 이렇게 하여 결국 인근 대학교의 화학과를 수석으로 졸업하고 박사 학위까지 받았다. 특히 그는 학과장의 추천을 받아 유명한 추밀 고문관인 G가 운영하는 프랑크푸르트 소재 대기업 제조 회사에 입사할 수 있었다.

처음엔 일단 실험실의 하위 직책이 주어졌다. 하지만 곧 목적을 향한 의지력이 꽃을 폈다. 일에만 집중하던 이 젊은 이의 성과는 곧 사람들에게 알려지게 되었다. 그러자 추밀 고문관이자 사장인 G도 그에게 특별한 관심을 기울이기 시작했다. 사장은 시험 삼아 그에게 점점 더 중요한 업무를 맡겼다. 그는 이 기회로 빈민의 지하실 천장을 탈출할 수 있을 거라 생각하며 업무에 더욱 열심히 매달렸다. 더 많은 업무가 그에게 주어지면 주어질수록 그의 의지도 그만큼 더 힘차게 불타올랐다. 이렇게 해서 그는 매우 짧은 기간에 평범한 조수에서 회사 내의 중요한 실험을 돕는 인물로 성장하여, 사장이 호의적으로 '젊은 친구'라고 부르는 자리에까지 오르게 되었다.

사장실의 비밀스러운 문 뒤, 더 높은 재능을 검사하는 눈이 자신을 지켜보고 있다는 사실을 그는 알아차리지 못했다. 야망을 지닌 그가 그저 아주 일상적인 일을 한다고 생각하는 동안, 늘 거의 눈에 보이지 않는 무언가가 그에게 더 높은 미래를 약속하고 있었다. 나이 든 사장은 몹시 고통스러운 좌골신경통 때문에 자주 집에 머물렀다. 심지어는 침대에 누워 지낼 때도 많았다. 이 때문에 사장은 지난 수년간 절대 신임할 수 있고 정신적으로 의지할 수 있는 개인 비서를 찾고 있었다. 가장 비밀스러운 특별 안건이나 엄격하게 기밀을 지켜야 하는 시도에 대해 터놓고 논의할 수 있는 그런 인재가 필요했던 것이다. 그리고 마침내 노인은 적격자를 찾은 것 같았다.

어느 날 사장이 젊은이에게 다가와 예상 밖의 제안을 하자, 젊은이는 놀라움을 금치 못하였다. 사장의 제안은 서로가 좀더 가까워지도록, 현재 그가 사는 교외의 셋방을 포기하고 자신의 널찍한 빌라에 와서 개인 비서로 일하지 않겠냐는 것이었다. 젊은이의 놀라움이야 당연했지만, 막상 더 놀란 것은 사장이었다. 이런 경이로운 제안에 대해 젊은이는 하루만 숙고해 보겠다고 하고는 다음 날 딱 잘라 거절했기 때문이다. 그의 거절은 솔직했지만, 한편 어딘가 핑계처럼 들리는 어색함이 묻어 있었다.

저명한 학자이자 사장이기도 한 그는 영적인 경험이 부족했기에 이 거절의 진의를 추측할 수 없었다. 아니면 이 고집스러운 젊은이가 자신의 깊은 감정을 숨긴 것인지도 모른다. 그렇다, 이는 바로 필사적으로 감추려는 자존심, 가난에 처절하게 시달린 유년기의 상처받은 수치심이 드러난 것이었다. 그는 마음을 상하게 하는 졸부의 집에서 가정교사로서 또는 하인과 동거인 사이의 이름 없는 이중적 존재로서 살아왔다. 거기에서 그는 필요에 따라 테이블 위에 세워지거나 치워지는 장식용 목련꽃 같은 신세였다. 그는 상류층 사람들과 그들의 영역에 대해 뼛속 깊이 증오심을 가지게 되었다. 묵직하고 육중한 가구들, 호화롭기 짝이 없는 방, 지나치게 풍성한 식사, 이 모든 호사스러운 것들에 대해 그는 다만 인내하고 참아야만 하는 자로서 발을 걸치고 있었다.

젊은이는 그곳에서 온갖 치욕적인 일을 겪었다. 건방진 아이들의 모욕, 월말에 몇 장의 지폐를 만지작거리며 거들먹거리던 여주인의 불쾌한 동정심은 그에게 정말 견디기 힘든 모멸감을 주었다. 그 밖에 그가 투박한 낡은 트렁크를 들고서 새집으로 옮겨 다닐 때도 그랬다. 속일 수 없는 가난의 징표인 단벌옷과 낡아빠진 속옷을 빌린 수납함에 차곡차곡 쌓아 넣을 때, 그는 잔인한 하녀들의 비웃음 가득한 눈빛에 아연실색하지 않을 수 없었다.

당시 그는 앞으로 절대 이런 일을 겪지 않으리라 맹세했다. 자신이 부자가 되기 전에는 절대로 이런 낯선 부잣집에 오지 않을 거고, 빈곤한 상태에서 다시는 남의 주목거리가 되거나 치졸하게 건네는 하찮은 선물로 상처받을 일은 없을 것이라고 다짐했다. 절대로 그럴 일은 없어! 그는 맹세했다.

이제는 겉만 번지르르한 박사 칭호와 싸구려지만 추위를 막아주는 외투가 그의 열등한 처지를 가려주고 있었다. 사무실에서는 그의 업무 능력이 과거 부끄러웠던 가난과 동냥질로 곪은 청춘의 화농을 가려주었다. 안 돼, 돈 때문에 침범을 받아서는 안 되는 삶, 이 한 줌의 자유를 팔아치울 수는 없는 거야! 그는 다시 이렇게 결심했다. 바로 이런 이유로 그는 자신의 이력을 망칠 수도 있는 위험을 무릅쓰면서까지 사장의 명예로운 제안을 적당히 둘러대어 거절했던 것이다.

그러나 곧 그에게 예기치 못한 상황이 찾아와 더는 자유로운 선택이 어렵게 되었다. 왜냐하면 사장의 고통이 악화되어 더 오랫동안 침대에 누워 지내야만 했기 때문이다. 전화로도 회사와 소통하기 힘든 상황이었다. 그래서 개인 비서가 더욱 필요하게 되었고, 젊은이는 더 이상 후원자의 시급한 요청을 뿌리칠 수 없게 되었다. 그 역시도 자신의 현재 사내 지위를 잃게 되는 것을 바라지는 않았다. 또다시 거처를 옮긴다는 것이 그에게 얼마나 어려운 일인지 그 누구도 알지 못했다.

아직도 그는 그날 일을 생생하게 기억하고 있다. 그는 보켄하임 국도 옆에 위치한 고대 프랑켄풍의 화려하고 고상한 저택에 도착하여 초인종을 눌렀다. 이에 앞서 저녁 무렵, 그는 저축해 둔 약간의 돈을 급히 은행에서 찾아 새 속옷과 괜찮은 검은 정장, 구두를 구입했다. (그런데 그의 얼마 안 되는 급료의 일부는 초라한 시골집의 노모와 두 여동생의 생계를 잇는 데 쓰이고 있었다.) 이렇게 한 이유는 자신의 옹색함을 드러내지 않기 위함이었다. 이번에도 그는 자질구레한 소유물이 들어 있고 가증스러운 추억이 깃든 그 볼품없는 함을 들고 갔다.

흰 장갑을 낀 하인이 그를 위해 정중하게 현관문을 열자마자, 그곳에서는 이미 부유함의 짙은 냄새가 풍겨왔다. 돌연 죽처럼 짓이겨진 불쾌감이 그의 목구멍 속으로 흘러들었다. 대기실로 들어서자 발소리를 부드럽게 흡수하는 두툼한 양탄자와 화려한 빛을 내는 둥근 고블랭[1] 벽걸이 천이 기다리고 있었다. 이어서 묵직한 청동 손잡이가 달린 조각 장식의 문들이 나타났다. 이 문들은 그가 손대지 않아도 하인이 허리를 굽혀 열게 되어 있었다. 이 모든 것이 그의 반항적인 불쾌감을 마비시키는 동시에 거세게 억눌렀다.

이어서 하인이 그를 창문이 세 개 난 낯선 방으로 데려갔다. 그는 이 방을 전에는 거실로 사용했으리라는 생각을 했고, 자신이 이방인 또는 침입자 같다는 느낌을 떨쳐낼 수 없었다. 어제까지만 해도 나무 침대와 양철 세숫대야가 놓여 있는, 5층의 외풍 많은 골방에서 지내던 자신이 아니었던가. 사방에서 화려하게 번쩍이며 값을 과시하는 가구들이 냉소적으로 자신을 쳐다보았다. 그는 지금부터 자신이 이런 곳에 익숙해져야만 한단 사실에 기가 막혔다.

그가 가져온 물건들이나 그가 입고 있는 옷조차도 이 넓고 환한 방에서는 모조리 쭈그러드는 것 같았다. 크고 넓은 옷장 속에 걸린 그의 단벌 상의는 마치 교수형을 당한 죄수처럼 우스꽝스럽게 흔들거렸다. 몇 벌의 속옷과 낡은 면도기는 마치 버려진 쓰레기나 노무자가 쓰다 버린 도구처럼 널찍한 대리석 세면대 위에 아무렇게나 놓여 있었다. 그는 자신도 모르게 딱딱한 나무함을 침대 밑으로 밀어 넣었다. 그는 밀폐된 공간에서 도둑질하다가 들킨 사람처럼 우두커니 서 있는 자신보다 오히려 침대 밑으로 기어들어 가 숨을

---

1 프랑스 고블랭 집안에서 만든 최고급 장식용 벽걸이 천

수 있는 나무함의 신세가 부러웠다. 스스로가 무가치하다는 불쾌한 감정을 뿌리치기 위해 '나는 부탁을 받고 여기에 온 사람이다'라고 속으로 소리쳐 보았지만 아무 소용 없었다. 주변 사물의 풍요로운 모습이 그런 주장을 계속해서 무너뜨렸기 때문이다. 그는 다시 화려하고 과시적인 돈의 세계에 눌려 왜소함과 굴욕감, 패배감을 느꼈다. 자아가 도둑질당한 것만 같았고 자신이 그저 하인이나 종, 팔려고 내놓은 가구처럼 여겨졌다.

그를 안내하던 하인이 손가락으로 가볍게 문을 두드렸다. 얼어붙은 얼굴로 허리를 꼿꼿이 편 그가 경애하는 부인께서 박사님을 뵙길 청한다고 말했다. 그는 방들이 늘어선 복도를 머뭇거리며 걸어갔다. 이렇게 걸어가면서 그는 수년 만에 처음으로 자신이 얼마나 위축되었는지, 또 벌써부터 두 어깨를 수그리며 비굴한 태도를 취하려고 하는지를 깨달았다. 참으로 오랜만에 그에게서 소년 시절의 불안과 혼란이 다시 시작되고 있었다.

하지만 그가 천천히 부인을 향해 다가서자마자, 그의 내부에서 팽팽하던 극도의 긴장이 기분 좋게 풀어지기 시작했다. 고개를 숙였다가 올려다본 그의 눈빛이 부인의 얼굴과 형상을 포착하기도 전에, 부인의 말이 그에게 이미 불가항력적으로 들려왔다. 그녀의 첫마디는 와주어서 감사하다는 인사말이었다. 그 말은 너무 솔직하고 자연스러워서 그에게 스며 있던 그 모든 불쾌감의 어두운 구름을 말끔하게 걷어치웠다. 또한 그 말에 귀를 기울이는 그의 마음을 부드럽게 다독였다.

"정말 감사합니다, 박사님." 부인은 이렇게 인사하는 동시에 악수를 청하고는 말을 이어갔다. "마침내 남편의 초대에 응해주셨군요. 이렇게 와 주셔서 제가 얼마나 감사한지 증명할 수 있다면 정말 좋겠어요. 그렇다고 박사님이 그리 쉽게 편안해질 수는 없겠지요, 누구든 자유롭게 지내는 걸 포기하고 싶진 않을 테니까요. 그래도 어쩌면 우리 부부가 매우 책임감을 느낀다는 사실을 아시면 박사님께 좀 위안이 될지도 모르겠네요. 저로서 할 수 있는 일은 이 집을 완전히 당신의 집처럼 느끼게 하는 것이겠죠? 진심으로 그렇게 되기를 바라요."

그의 내면에서 무엇인가가 부인의 말에 조용히 귀를 기울이고 있었다. 어떻게 그녀는 그가 어쩔 수 없이 자유를 포기했단 사실을 알고 있었을까? 어떻게 그녀는 만나자마자 그 자신의 가장 아프고 민감한 상처를 단번에 알아본 것일까? 어떻게 자유를 잃어버리고 인내하는 자, 임시 고용인, 봉급생활자로만 살게 될까 봐 불안에 떨고 있는 것을 알아보았을까? 어떻게 그녀는 즉시 첫 손동작으로 이 모든 비밀을 벗겨낸 것일까? 자신도 모르게 그는 부인을 쳐다보았고, 이제 그는 자신을 신뢰하는 듯 관심 있게 바라보는 그녀의 따뜻한 눈빛을 알아차렸다.

아주 부드럽고 고요하면서도 당당한 그 무엇이 그녀의 얼굴에서 흘러나왔다. 귀부인답게 근엄한 정수리 아래로, 여전히 젊음을 잃지 않고 매끈한 그녀의 순수한 이마가 드러났다. 이마에서 환하게 광채가 나는 것 같았다. 어둡게 층을 이룬 머리칼은 아래로 둥글게 말린 채 물결치고 있었다. 그런 가운데 목덜미만 드러나는 검은 의상이 그녀의 풍만한 어깨를 감싸고 있어서 잔잔한 빛을 띠는 얼굴이 더 하얗게 부각되었다. 약간은 수녀처럼 긴 의상을 입은 부인은 상류층 시민이면서도 어딘지 고귀한 성모마리아 같았다. 그녀의 온화한 모습은 움직일 때마다 어머니와 같은 자상한 분위기를 자아내었다.

이제 부인은 아주 가벼운 동작으로 한 걸음 다가왔고, 그는 미소를 짓는 부인에게 우물쭈물하다가 감사함을 표했다. 그러자 부인이 그에게 말했다. "한 가지만 부탁을 드릴게요. 초면에 당장 한 가지만요. 오랫동안 서로 모르고 지낸 사람들끼리 함께 지내다 보면 문제가 생기기 마련일 거예요. 그럴 때는 그저 솔직한 게 가장 좋답니다. 어떤 경우든 우울하거나 이곳의 방식 또는 관습에 압박감을 느낀다면 서슴없이 제게 말씀해 주시기를 바라요. 박사님은 제 남편의 조력자이고 저는 아내이니, 이 이중의 의무로 우리는 연결되어 있지요. 그러니 우리 서로 솔직하게 대하기로 해요."

그는 부인에게 악수를 청했고, 두 사람 사이에 계약이 체결되었다. 그리고 그 첫 순간부터 그는 집과 연대감을 느꼈다. 값비싼 물건이 있는 그 공간의 어떤 것도 더는 그에게 적대적으로 다가오지 않았다. 아니 정반대로 그는 그것을 우아함의 필수적인 틀로 받아들였다. 이곳의 우아함은 혼란스럽고 적대적이며 대립적인 양상으로 몰려오는 외부의 모든 것을 증발시켜 버리는 중요한 요소였다. 점차 그는 이곳의 값비싼 물건이 고급스러운 예술적 감각을 통해 더 높은 질서를 얻게 되었다는 사실을 인식하게 되었다. 나아가 무의식중에 이 집의 순화된 현존의 리듬이 자신의 삶과 언어에 아주 깊숙이 침투되었다는 사실도 깨달았다.

이상하게도 그는 안정감을 느꼈다. 날카롭고 격렬하며 열정적이던 그 모든 감정은 악의적이고 과민한 성질을 잃어버렸다. 마치 두툼한 양탄자와 벽지, 화려한 커튼이 외부의 빛과 오솔길에서 들려오는 소음을 비밀스럽게 흡수하는 것 같았다. 이와 동시에 그는 이렇게 변화하는 질서가 저절로 일어나는 것이 아니라 과묵하면서도 항상 자애로운 미소를 지닌 부인으로부터 생겨난다는 것을 알 수 있었다. 다행히도 그는 최초의 몇 분에 느꼈던 불가사의한 기분을 몇 주와 몇 달이 지나서도 잊을 수 없었다. 부인이 매사에 세심하게 그를 이 집의 생활환경에 적응하게끔 해줬기에 그는 압박감을 떨쳐낼 수 있었다. 그는 감시가 아니라 보호를 받았으며, 멀리서 관심 어린 주목을 받는다고 느꼈다.

그가 문득 어떤 물건이 필요하다고 생각하면, 그 바람은 말로 꺼내기도 전에 이루어졌다. 그것도 아주 세심하고 눈에 띄지 않게 이루어져서 고마움을 표현할 기회조차 없었다. 가령 어느 날 그는 귀중한 판화 작품집을 훑어보며 렘브란트 판화에 경탄한 적이 있었다. 그런데 다음 날 이미 그 판화 복사본이 그의 책상 위에 비스듬히 걸려 있었다. 또한 친구에게 어떤 책을 추천받았다고 지나가는 말로 이야기하기만 해도, 며칠 뒤 그 책이 책장에 꽂혀 있었다. 무의식중에 그는 방이 마음에 들며 편안해졌다.

처음에는 실내 여러 곳이 변해 있음을 알아차리지 못할 때가 많았다. 물론 방이 더 다채롭고 화사한 색으로 장식되었으며 더 쾌적해졌다는 것만은 느낄 수가 있었다. 상점 진열장에서 보며 멋지다고 생각했던 동양 자수 덮개가 터키산 안락의자를 덮고 있는 것과 천장의 램프가 불그스레한 비단 차양 속에서 빛나고 있는 것을 보았다. 그는 점점 더 집 안 분위기에 매료되었다. 그럴수록 더 이 집을 떠나고 싶은 마음이 사라졌다. 그는 사장 아들인 열한 살짜리 소년과도 아주 친한 사이가 되었다. 소년은 어머니와 그가 극장이나 공연장에 갈 때 자주 따라오곤 했으며, 그 역시도 이렇게 함께 하는 것을 즐거워했다. 일하는 시간 외 그의 모든 행동은 자신도 모르는 사이 그녀의 조용한 존재가 피워내는 부드러운 빛 속에 놓여 있었다.

그는 처음 만난 순간부터 부인을 사랑했다. 격렬하게 밀려오는 사랑의 감정으로 그는 여지없이 꿈의 물결 속으로 빠져들었다. 하지만 그의 온몸을 뒤흔들 만한 결정적인 계기가 부족했다. 즉 그는 여태껏 경탄과 경외심, 애착이라는 핑계로 덮어둔 것이 이미 사랑이라는 사실, 그것도 환상적이고 제멋대로이며 열광적인 사랑이라는 것을 깨닫지 못한 것이다. 왜냐하면 그럴 때마다 그의 내부에서 어떤 비굴한 것이 솟구쳐 오르며 그 사실을 강력하게 물리쳤기 때문이다. 밝게 빛나며 충만함으로 둘러싸인 부인은 그가 이날까지 여성적인 것으로 알고 있던 그 어떤 것보다 더 높고 멀리 떨어진 존재 같았다.

그는 비천한 시절에 알았던 몇몇 여자들, 농장의 하녀나 귓갓길 가로등 아래서 만나던 재봉사 처녀와 마찬가지로 부인도 결국 여자라는 사실을 받아들일 수 없었다. 즉 그녀가 성과 욕망의 법칙을 따르리라고 짐작하는 것을 신성모독처럼 여긴 것이다. 사실 농장의 하녀가 가정교사인 그에게 방문을 열어줬던 것은 대학생의 사랑 방식이 마부나 하인과 어떻게 다를지 궁금했기 때문이었다.

하지만 이런 식의 비교는 말도 안 되는 짓이었다. 부인은 욕망과는 다른 매력의 빛을 발산하고 있었다. 순수하고 범접할 수 없을 만큼 우아하여 그는 꿈에서조차 그녀의 옷을 벗길 수 없었다. 그는 어린아이처럼 그녀의 존재에서 풍기는 향기를 좋아했고, 그녀의 모든 동작을 음악을 듣는 것처럼 즐겼으며, 그녀의 신뢰에 행복감을 느꼈다. 그런가 하면 흥분에 취한 과도한 감정을 혹시라도 그녀에게 들킬까 봐 끊임없이 조심했다. 이런 감정은 아직 이렇다 할 명칭이 없었다. 하지만 이미 오래전 형태가 어느 정도 이루어져, 그의 마음속에 숨겨진 채 뜨겁게 달궈지고 있었다.

하지만 사랑은 육체의 깊은 곳에서 맹아처럼 어둡게 꿈틀거리는 것이 아니다. 진실로 숨결과 입술로 사랑이라 말하며 떳떳이 고백할 때에야 비로소 사랑이 되는 법이다. 그의 감정은 고치처럼 견고한 실 껍질을 둘둘 말고 있었다. 어느 순간 갑자기 그 감정은 혼란스러운 껍질을 뚫고 솟구쳐 나왔지만, 다시 두 배로 강력히 가슴속 깊이 떨어져 내리며 그를 경악하게 만들었다. 그런 일이 벌어진 것은 그가 그녀와 같은 집에 살기 시작한 지 두 해가 흐른 뒤의 일이었다.

　어느 일요일, 사장이 그에게 자기 방으로 와달라고 청했다. 사장은 평소와는 달리 인사도 제대로 하지 않고는 뒤쪽 벽에 난 문을 닫았다. 이어서 인터폰으로 그 누구도 들어오지 못하게 하라고 지시했다. 무언가 특별히 전달할 중요한 말이 있는 것 같았다. 노인은 일단 그에게 시가를 권한 뒤 정중하게 불을 붙여주고는, 조금은 여유를 가지고 미리 생각해 둔 말을 꺼내려 했다. 사장은 우선 그가 회사에서 이룬 실적을 장황하게 치하하기 시작했다. 사장은 회사에 대한 그의 믿음과 헌신이 모든 면에서 기대 이상이었고, 회사의 가장 내밀한 사업을 그와 공유한 것에 대해서도 후회한 적이 없다고 말했다. 그러므로 어제 해외에서 들어온 중요한 정보도 망설임 없이 그에게 알려주겠다는 것이었다.

　그것은 바로 그도 이미 잘 알고 있는 새로운 화학적 처리법에 관한 것이었다. 그 방법을 위해선 특정 광물이 대량으로 필요했는데 전보에 따르면 그 금속은 멕시코에 대량으로 매장되어 있었다. 그러므로 얼마나 신속하게 그 광물을 확보할 수 있을지가 관건이었다. 미국의 거대 기업이 그 기회를 독점하기 전에 현지 채굴권을 얻어 개발을 체계화해야 했고, 이를 위해서는 신뢰할 수 있고 활동력 있는 젊은 관리자가 필요했다.

　신뢰할 만한 조력자가 떠난다는 것이 개인적으로는 큰 타격이겠지만, 사장은 경영위원회에 그를 적임자로 추천하는 것이 자신의 의무라고 말했다. 그곳에서의 성공이 찬란한 미래를 보장한다는 확신이 있으므로 그 모든 고난을 보상받게 될 거라고도 덧붙였다. 나아가 개발이 착수되고 2년 동안은 보수가 충분하게 지급되기에 상당한 재산을 모을 수 있을 뿐만 아니라 귀국 후에는 사내에 주도적인 직책도 마련해 주겠다는 것이었다.

그러면서 사장은 행운을 빈다는 뜻으로 악수를 청하고는 다음과 같이 말을 마쳤다. "정말이지 자네가 사업을 성공적으로 끝내고 돌아오면, 30년 전 내가 시작했던 일을 완수하리라는 예감이 든다네. 여기 이 의자에 앉은 노인 대신 말이지."

갑자기 행운의 하늘에서 떨어진 이런 제안이 어떻게 야망에 불타는 젊은이의 마음을 흔들어놓지 않았겠는가? 마침내 빈곤의 지하 토굴, 헌신과 복종의 어두운 세계로부터 그를 밝은 세계로 이끌어줄 문이 폭발이라도 하듯이 시원하게 열린 것이다. 강요받은 겸손으로 늘 생각에 잠겨야 했던 자의 자세, 영원한 굴종을 나타내던 그 자세로부터 마침내 벗어날 가능성이 보였다. 그를 떳떳하게 살아갈 수 있게 해줄 기회가 눈앞에 다가온 것이다.

그는 해외에서 온 서류와 전보를 자세히 들여다보았다. 거기 적힌 상형문자 같은 기호들은 모호했지만, 점차 거대한 윤곽을 형성하며 엄청난 계획으로 변하는 듯했다. 그 계획에 동원된 어마어마한 숫자들, 관리하고 계산하고 벌어들여야 하는 수천, 수만, 수백만의 놀라운 숫자가 그를 마비시키는 동시에 가슴 뛰게 했다. 마치 이날까지의 비천하고 답답한 세계에서 벗어나 꿈의 풍선을 타고 하늘로 치솟아 오를 것만 같았다. 더구나 놀랍게도 이 사업에는 그저 돈, 사업, 회사, 도전과 책임만이 달린 것이 아니었다. 그렇다! 비교할 수 없을 만큼 매혹적인 그것이 그를 유혹했다.

그곳 어두컴컴한 산맥은 수천 년 동안 광석을 매장한 채 무의미한 잠에 빠져 있었다. 산맥에 갱도를 뚫어 채굴한 광물은 착암기와 기중기를 통해 높은 건물과 새 도로로 이뤄진 도시로 탄생할 터였다. 이처럼 그에게 주어진 주요 과제는 형성과 창조적 작업인 동시에 생산적인 업무였다. 그의 머릿속에서 황량한 덤불숲이 사라지고 환상적이면서도 구체적인 형상을 지닌 열대의 세계가 활짝 피어나기 시작했다. 거기에는 소작지, 농장, 공장, 백화점 등이 있었다. 그는 그 공허한 곳 한가운데에 새로운 인간 세계를 결단력 있게 추진하고 질서를 갖출 것이었다. 바다 건너 먼 세계의 꿈에 도취된 듯한 공기가 갑자기 양탄자가 깔린 작은 방 안으로 밀려들었다. 그가 계산한 숫자는 엄청난 액수로 부풀어 올랐다. 무엇인가 결정을 내릴 때마다 그는 점점 더 뜨겁게 도취하여 하늘을 날 것만 같았다. 모든 일이 전반적으로 마무리되고, 실제적인 사안까지도 협의가 끝났다. 이때 사장이 여행 준비에 쓰라며 건네준, 생각지도 못했던 거액의 수표가 돌연 그의 손안에서 바스락거렸다. 그리고 이어진 사장의 거듭된 찬사를 듣고 난 후엔 이미 열흘 후 출발하는 남태평양행 증기선에 탑승하기로 되어 있었다.

숫자의 소용돌이와 맴도는 여러 가능성에 머릿속이 뜨거워진 그는 몸을 비틀거리며 연구실 문을 열고 밖으로 나왔다. 그러고는 잠시 걸음을 멈춰 방금 사장과 나눈 모든 대화가 자신의 소망이 빚어낸 환상에 불과한 것은 아닐까 싶어 주위를 둘러보았다. 그는 한 번의 날갯짓으로 비참한 심연의 골짜기로부터 찬란한 실현의 영역으로 솟구쳐 올라왔다. 여전히 들끓는 피로 인해 그는 한동안 눈을 지그시 감아야 했다. 그는 내면의 자아를 더 강렬히 음미하기 위해 완전히 자기 자신에게만 집중한 채 심호흡하며 눈을 지그시 감았다. 그렇게 1분이 흘렀다.

새롭게 상쾌해진 기분으로 눈을 떠 익숙한 응접실을 둘러보았을 때, 커다란 함 위에 걸린 그림 하나가 어렴풋이 보였다. 바로 그녀의 초상화였다. 그림 속의 그녀는 도톰한 입술을 살짝 다물고는, 어떤 의미를 품은 듯한 미소를 지으며 그를 응시하고 있었다. 그녀의 모습은 그가 마음속에 담고 있는 말을 모두 이해하기라도 하는 것 같았다. 이 찰나의 순간에 그는 갑자기 깜박 잊고 있었던 생각을 떠올렸다. 사장이 제시한 직책을 수락했다는 것은 곧 이 집을 떠나야만 한다는 사실이었다.

'세상에, 그녀를 떠나야 한다니!'

이렇게 생각하자 순풍에 펄럭이는 돛처럼 부풀어 올랐던 기쁨도 칼날에 잘려 나가듯이 조각나 버렸다. 그리고 말할 수 없이 놀라운 그 순간, 지금껏 그가 마음을 숨기고자 가식적으로 쌓아 올린 위장의 대들보가 우르르 무너져 내리는 것 같았다. 돌연 심장의 근육이 경련을 일으키는 것을 느꼈다. '그녀와 헤어져야 한다니, 그것은 얼마나 고통스러운 일이고 또 얼마나 죽음처럼 아픈 일인가! 세상에, 그녀를 다시는 볼 수 없다니! 어떻게 그런 생각을 할 수 있었고, 어떻게 그런 결정을 내릴 수 있었을까? 마치 나 혼자서 잘 지낼 수 있다는 듯이, 마치 내 감정의 모든 감촉과 뿌리가 그녀와는 상관없다는 듯이 그렇게 행동하다니!'

경련하듯 그는 육체적 고통을 동반한 신음을 거칠게 내뱉었다. 그 고통은 이마 끝에서 심장에 이르기까지의 온몸을 뒤흔들었지만, 동시에 밤하늘의 번개처럼 전후 관계를 환하게 밝혀주는 강렬한 계기였다. 이 눈 부신 빛 속에서, 그는 자신 안의 모든 신경과 열기가 그녀에 대한 사랑으로부터 피어났다는 사실을 뒤늦게나마 인식했다. '사랑'이라는 그 마법의 말을 마음속으로 떠올리자마자, 경악할 정도로 무수히 많은 소소한 기억이 반짝 불꽃을 튀며 그의 의식으로 빠르게 몰려들었다. 이제까지는 감히 한 번도 인정하거나 해명하지 못했던 사실 하나하나가 그의 감정을 명백하게 밝혀주고 있었다. 그리고 이제야 비로소 그는 자신이 몇 달 전부터 이미 깊이 사랑에 빠져 있었음을 깨달았다.

아마 그녀가 사흘 동안 친척 집에 가 있었던 지난 부활절 주간 동안의 일이었으리라. 책이 손에 잡히지 않던 그는 길 잃은 사람처럼 이 방, 저 방을 거닐었다. 그 이유를 스스로 털어놓을 수 없을 만큼 그는 매우 심란한 상태였다. 그녀가 돌아오기로 되어 있던 날 밤, 그는 1시까지 그녀의 발걸음 소리에 귀를 기울이며 기다리지 않았던가? 혹시 그녀가 탄 차가 도착한 것은 아닐까, 예민하고 초조한 마음에 몇 번이나 계단을 급히 내려가지 않았던가?

그녀와 극장에 같이 가 손이라도 우연히 스치면, 손목과 목덜미가 짜릿해지곤 했다. 번뜩이며 되살아나는 이런 수많은 소소한 기억들, 거의 희미하게만 느껴지던 자잘한 일들이 한꺼번에 수문을 뚫고 넘치듯, 그의 의식과 혈관을 타고 흐르며 심장을 강하게 두드렸다. 심장이 너무 강하게 뛰는 바람에 그는 자신도 모르게 손으로 가슴을 눌러야만 했다.

이제는 정말 고백하지 않을 수 없었다. 수줍고도 공손한 본능이 갖가지 가림막으로 조심스레 숨겨온 것을 고백하지 않을 수 없었다. 그녀 없이는 하루도 살아갈 수 없었다. 2년이든 2개월이든, 아니 2주일이든 그의 앞길을 비추는 그 부드러운 빛 없이는, 저녁 시간의 그 즐거운 대화 없이는 단 하루도 견딜 수 없었다. 10분 전만 해도 그를 자부심으로 충만하게 했던 멕시코에서의 임무, 창조적 권력을 향한 등정은 순식간에 위축되었을 뿐만 아니라 반짝이는 비눗방울처럼 터져버렸다. 이제 멕시코로 가는 것은 오히려 먼 이방으로 떠나는 일, 격리, 감옥, 추방, 망명, 전멸, 생존할 수 없는 분열과도 같았다.

그는 마음속으로 부르짖었다. '안 돼, 있을 수 없는 일이야!' 방문에 달린 손잡이를 잡고 그는 움찔거렸다. 다시 방 안으로 들어가 사장에게 포기하겠노라고, 자신은 적임자가 아니기에 그냥 집에 머무르겠다고 말하고 싶었다. 하지만 이때 그는 경고하듯 밀려드는 불안에 사로잡혀 중얼거렸다. '그래, 지금은 아니야!' 그 자신도 이제야 깨달은 비밀을 설불리 누설해서는 안 된다고 생각했다. 그는 차가운 금속 손잡이를 잡고 있던 뜨거운 손을 거두었다.

이윽고 그는 또 한 번 벽에 걸린 그녀의 그림을 바라보았다. 그녀의 눈은 점점 더 그윽하게 그를 바라보는 듯했지만, 입가의 미소는 사라졌다. 그녀는 심각하다기보다는 슬픈 눈으로 그를 내려다보고 있었다. 마치 '당신은 나를 잊으려고 했군요'라고 말하는 것 같았다. 그는 살아 있는 것처럼 보이는 그림 속 그녀의 눈빛을 견딜 수 없었다. 그는 휘청이며 방으로 들어가 거의 무기력에 가까우면서도 이상하게 은밀한 달콤함이 스며 있는 두려운 감정을 느끼며 침대에 쓰러졌다.

그는 이 집에 온 첫 순간부터 지금껏 겪었던 일들을 돌이켜 보며 회상에 빠졌다. 특별한 일은 물론이고 가장 사소한 일조차도 이제는 다른 무게를 지니며 환한 빛처럼 다가왔다. 깊은 인식의 조명을 받아 빛나는 그 모든 기억이 가볍게 부유하며 열정의 뜨거운 대기로 솟아올랐다. 새삼 그녀가 베푼 자애로운 모든 일들이 떠올랐다. 사방에 그녀의 흔적이 남아 있는 듯했다. 그녀의 손길이 닿은 물건들을 찬찬히 살펴보았다. 그 물건들에서 그녀가 가지고 있는 행복의 자취 같은 것이 느껴졌다. 그녀는 그 속에 존재하고 있었고, 그는 그 속에 깃든 그녀의 친절하고 사려 깊은 태도를 느꼈다. 그녀의 선의의 대상이 자신이라는 확신이 들었고 그러자 사랑의 감정이 거세게 밀려왔다.

그렇지만 이런 흐름의 깊은 곳엔 본질적으로 돌덩이처럼 뭔가 저항하는 것, 혼탁한 어떤 것, 제거되지 않은 어떤 것이 남아 있었다. 그의 감정이 아주 자유롭게 분출되려면 이런 마음의 찌꺼기 같은 것이 제거되어야 했다. 그는 감정의 저변에 드리워진 어둠을 향해 아주 조심스럽게 더듬어 내려갔다. 그것이 무엇을 의미하는지 이미 알고 있었지만 감히 손 댈 수는 없었다. 하지만 전체적인 감정의 흐름은 언제나 그 가 묻고 싶었던 바로 그 지점으로 그를 몰아갔다. (그가 차마 '사랑'이라고 말할 수는 없는) 그녀의 모든 사소한 관심 속 호감 은 그를 살피고 감싸는 부드러운 감정일 뿐인 것은 아닐까? 그 안에 열정은 없었던 것이 아닐까?

이와 같은 의문이 어렴풋하게 그의 뇌리를 스치고 지나갔 다. 무겁고 검은 피가 혈관을 타고 흐르듯 의혹이 꼬리에 꼬 리를 물고 일어났지만, 그 내막을 알 수는 없었다. 그는 이 모든 사정을 명확하게 의식할 수 있기를 간절히 바랐다. 그 러나 이런 생각은 혼란스러운 꿈과 소망, 깊고 깊은 내면에 서 치솟아 오르는 고통과 뒤섞여 지나치게 열광적으로 출렁 였다. 그는 복잡하게 뒤얽힌 감정에 마비된 채 몽롱하고 무 기력한 상태로 멍하니 침대에 누워 있었다. 이렇게 누운 지 한 시간 아니면 두 시간쯤 지난 듯했는데, 갑자기 문을 두드 리는 소리가 들려와 그는 깜짝 놀라서 깨어났다. 그는 조심 스럽게 문을 두드리는 가느다란 손마디의 주인이 누군지 알 것 같았다. 그는 벌떡 일어나 문을 향해 달려갔다.

그녀가 그에게 다가와 미소를 지으며 말했다.

"박사님, 왜 안 오시죠? 벌써 두 번이나 식사를 알리는 종 이 울렸답니다."

그녀는 마치 그의 태만함을 일깨우는 것이 무척 즐겁다는 듯 거의 농담조로 말했다. 그러나 촉촉이 젖어 가닥이 진 머 리칼로 부끄러워하며 그녀의 시선을 피하는 그의 모습을 보자, 그녀의 얼굴이 곧 창백해졌다.

"이런, 무슨 일이…… 무슨 일이 있어요?" 그녀는 말을 더듬었다. 이렇게 놀라서 억양마저 달라진 그녀를 보며 그는 은근히 쾌감을 느꼈다.

그는 급히 정색하며 대답했다.

"아니, 아닙니다. 뭔가 좀 생각하느라고요. 일이 너무 갑자기 생겼거든요."

"도대체 무슨 일이죠? 말씀 좀 해보세요!"

"모르십니까? 사장님께서 언질을 주지 않았습니까?"

"아니요, 전혀 그런 일이 없었어요!"

그녀는 어쩔 줄 몰라 하며 외면하는 그의 시선을 의식하면서 초조한 목소리로 다그쳐 물었다.

"무슨 일이에요? 어서 말해봐요!"

그는 얼굴을 붉히지 않고 뚜렷이 그녀를 응시하려고 온몸의 근육에 힘을 주면서 말했다.

"사장님이 호의를 품고 제게 크고 중대한 임무를 제안하셨고, 저는 그 제안을 수락했어요. 열흘 후에 멕시코로 떠납니다. 2년간 그곳에 체류할 예정입니다."

"2년이라니? 이럴 수가!"

마음속 깊은 곳에서 경악스러운 외침이 터져 나왔다. 그것은 말이라기보다 비명에 가까웠다. 그녀는 자신도 모르게 거부의 몸짓으로 두 손을 내밀었다. 순간적으로 드러나 버린 자신의 감정을 극구 부인하려고 노력했지만, 아무 소용 없었다. 어떻게 이런 일이 벌어졌는지 모르겠지만, 그는 이미 불안해하면서도 열정적으로 떨며 내민 그녀의 두 손을 덥석 잡았다. 두 사람은 순간적으로 몸을 떨며 화염에 타오르듯 강렬하게 포옹했다. 그리고 오랜 시간, 기나긴 나날 동안 억눌려 왔던 무의식적인 욕망과 갈증이 끝없이 긴 키스로 터져 나왔다.

그와 그녀, 둘 중 한 명이 먼저 상대방을 잡아당긴 것은 아니었다. 두 사람은 폭풍에 휘말린 것처럼 동시에 서로의 품으로 달려들어 뒤엉켰다. 그러고는 달콤하고도 뜨겁게 타오르는 황홀경이 펼쳐진, 까마득한 무의식 속으로 잠겨 들었다. 너무나 오랫동안 쌓였던 감정이 우연이라는 자석의 끌림으로 한순간 불붙어 강렬하게 분출되었다. 포개진 두 사람의 입술이 떨어지고 나서야 그는 이 믿을 수 없는 현실 앞에서 비틀거리며 차츰 그녀의 두 눈을 바라보았다. 그녀의 두 눈에서 일렁이는 낯선 빛은 부드러운 어둠에 가려져 있었다.

그제야 그는 그녀의 영혼을 뒤흔든 이 순간이 오기 훨씬 오래전부터 이미 이 사랑스러운 여인이 부드럽게 침묵하며 뜨거운 모성으로 그를 사랑해 왔다는 사실을 깨달았다. 그리고 바로 이 믿을 수 없는 사실로 인하여 그는 도취 상태에 빠졌다. 쉽게 다가가기조차 어려웠던 그녀에게 줄곧 사랑받고 있었던 것이다. 하늘이 열리며 빛이 가득 차 그의 인생이 잠시 무한히 찬란한 정점에 선 것 같았지만, 그와 동시에 금방 조각난 부스러기가 되어 바로 무너지려 하고 있었다. 그가 사랑을 깨달은 그 순간, 이미 작별이 둘을 기다리고 있었기 때문이다.

그가 멕시코로 출발하기 직전 열흘 동안, 두 사람은 사랑에 도취한 상태로 황홀한 시간을 보냈다. 그녀가 사랑을 고백한 이후 갑자기 분출된 감정의 폭발은 엄청난 위력을 발휘하며 두 사람을 가로막는 모든 저항과 장애, 윤리적 사고와 제한을 날려버렸다. 어두운 복도나 문 뒤, 후미진 구석, 그 어디에서든 잠시 마주치기만 하면 서로가 짐승처럼 뜨겁고 탐욕스럽게 달려들었다. 손은 손을 만지기를 원했고, 입술은 입술을, 들끓는 피는 그와 같은 피를 갈망했다. 온몸이 온몸을 욕망하면서 열을 올렸다. 손발, 의복, 욕망하는 육체의 어떤 부분이든 서로를 느끼고자 모든 신경이 불타올랐다.

하지만 집 안에서는 자제하지 않을 수 없었다. 그녀는 남편과 아들, 하인들 앞에서 마냥 타오르기만 하는 연정을 숨겨야 했다. 그 역시 자신이 떠맡은 자본금 산정 업무와 그것을 위한 회의와 회계 업무에 바짝 정신을 차려야만 했다. 언제나 그들은 단 몇 초, 반짝하고 지나가는 범죄처럼 위험한 그 몇 초를 자신들의 시간으로 만들려고 애썼다. 오로지 손만으로, 입술과 눈빛만으로, 열정적인 키스만으로 그들은 재빨리 서로에게 다가갈 수 있었다. 도취한 상대방의 숨 막힐 정도로 자극적이고 아찔한 모습을 보는 것만으로도 그 둘은 정신을 차리지 못했다. 그러나 이런 것들로는 충분치 않았다. 둘은 늘 갈증과 결핍에 시달렸다.

이런 이유로 그들은 어린 학생들처럼 열정적인 편지를 주고받았다. 그는 밤마다 잠 못 이루며 베개 아래서 바스락거리는 편지를 읽었고, 그녀는 그가 외투 주머니에 몰래 넣어

둔 편지를 발견하곤 했다. 그리고 그들은 편지에서 앞날에 대해 다음과 같이 절망스럽게 한탄하곤 했다. '2년이라는 시간, 그 수없이 많은 날과 달 동안 어떻게 피 끓는 두 개의 심장과 눈빛이 바다와 세상을 사이에 둔 채 참을 수 있을까요?'

그들은 다른 어떤 것도 생각하지 않았고 다른 어떤 것도 꿈꾸지 않았다. 둘 중 누구도 앞날이 불운할 것인가에 대해 답하지 못했다. 오직 그들의 손과 눈, 입술, 정념, 눈먼 그 노예들만이 튀어나와 내밀한 결합의 욕망을 갈구했다. 문 사이에서 비밀스레 서로 격렬히 포옹하던 그들은 넘쳐흐르는 욕망과 함께 미칠 듯한 불안과 근심을 맛보아야만 했다.

욕정에 들뜬 그였지만 격렬히 저항하는 듯이 육체를 무감각한 옷 뒤에 감춘, 사랑하는 여인의 육체를 완전히 소유할 수는 없었다. 언제나 사람들이 오가고 불이 환히 켜진 집에서 그러기란 쉽지 않았던 탓이다. 다만 그가 멕시코로 떠나기 전날엔 달랐다. 그녀는 짐 꾸리는 것을 돕는다는 핑계로 사실상 마지막 작별을 고하기 위하여 그를 찾아왔다. 이미 깨끗이 정리된 방으로 그녀가 들어오자 그는 욕정에 사로잡힌 채 그녀에게 달려들어 막무가내로 소파에 쓰러뜨렸다.

그는 벗겨진 옷 사이 불룩 솟은 가슴에 입술을 대고는 하얀 피부를 따라 심장이 가쁘게 뛰는 깊숙한 곳까지 키스하기 시작했다. 하지만 거의 체념하듯 몸을 허락하려던 그 순간, 그녀는 거의 무기력한 상태에서 더듬거리며 간절하게 외쳤다. "지금은 안 돼요! 여기서는 하지 말아요, 제발 좀 그만!"

피 끓는 그의 충동조차도 오랫동안 신성하게 사랑해 온

여인에 대한 존경심 앞에서 순종적으로 변할 수밖에 없었다. 그는 욕정을 억누르고 물러섰다. 이때 휘청거리며 소파에서 일어난 그녀는 그를 앞에 두고 두 손으로 얼굴을 가렸다. 그는 제자리에서 몸을 떨며 감정을 억누르려고 애쓰다가, 실망감에 슬퍼하며 그녀에게서 돌아섰다. 이런 모습을 본 그녀는 그가 애정의 욕구를 채우지 못해 고통스러워하는 것을 느꼈다. 그녀는 이제 완전히 감정을 자제하며 그에게 다가가 나직한 목소리로 달래주었다. "여기서 이러면 안 돼요. 이곳은 내 집이지만, 그 사람의 집이기도 하잖아요. 하지만 다시 돌아오면, 그때는 원하는 대로 언제든 좋아요."

　기차가 덜커덩거리며 멈춰 섰고, 제동되는 바퀴에서 날카로운 소리가 들려왔다. 채찍을 맞은 개처럼 그는 오랜 꿈의 물결로부터 갑작스레 깨어났다. 하지만 곧 그는 오랫동안 먼 곳에 떨어져 있던 연인이 조용히, 숨결마저 느낄 만큼 가까이 있는 것을 보고는 행복한 마음으로 가득 찼다. 좌석에 기댄 그녀의 얼굴은 모자챙에 가려 그늘져 있었다. 하지만 마치 그가 자신의 얼굴을 보고 싶어 하는 것을 이심전심으로 알아채기라도 한 듯, 그녀는 얼른 자세를 바로 세우고 그를 향해 온화한 미소를 보냈다. 이어서 창밖을 내다보며 말했다.
　"다름슈타트 역인데, 한 정거장 더 가야 해요"
　그는 대답하지 않았다. 그저 자리에서 그녀의 얼굴을 물끄러미 바라보았다. 그는 시간이 무력하다고 생각했다. 시간이 흘렀지만 두 사람의 감정은 변함이 없다고 되뇌었다.

헤어진 지 9년이라는 세월이 흘렀건만 그녀의 목소리는 조금도 변하지 않았다. 신경을 집중하고 들어도 그녀의 목소리는 다르지 않았다. 잃어버린 것도, 사라진 것도 없었다. 그녀가 있어서 예전처럼 감미로운 행복을 느낄 수 있었다. 그는 잔잔히 미소 짓는 그녀의 입술을 열정적으로 바라보았다. 오래전 그 입술에 키스했던 일을 잊을 수 없었다. 그는 그녀가 가슴에 편안히 올려놓은 하얀 손을 바라보았다. 당장이라도 고개 숙여 그 손에 입 맞추고 싶었다. 단 1초만이라도 살짝 팔짱 낀 그 손을 잡을 수 있기를 바랐다.

그러나 같은 객실에 앉아 대화를 나누던 남자들이 그를 호기심 어린 눈초리로 뜯어보기 시작했다. 그러자 그는 얼른 정색하고는 말없이 좌석에 몸을 기댔다. 두 남녀는 다시 아무 말 없이 마주 보며 눈빛으로 입 맞추었다.

이때 밖에서 날카로운 소리가 울리고 기차가 다시 움직이기 시작했다. 강철로 된 요람처럼 기차가 단조롭게 흔들리자 그는 다시 추억 속으로 빠져들었다. 아, 그녀와 작별하던 그때와 오늘 사이에 얼마나 어둡고 긴 시간이 드리워져 있었던가! 대륙과 대륙, 심장과 심장을 사이에 두고 얼마나 거대한 잿빛 대양이 놓여 있었던가! 그런데 당시 상황은 어떠했던가? 마지막 작별의 순간은 다시는 언급하거나 돌아보고 싶지 않은 기억이었다. 게다가 그 순간은 그가 오늘 가슴을 두근거리며 그녀를 기다렸던 아까 바로 그 플랫폼에서 보냈었던 기억이기도 했다. 그만, 잊어버리자! 생각만 해도 끔찍한 시간이 아니었던가! 그의 생각은 이제 날개를 펄럭이며 멀리, 저 멀리 되돌아가고 있었다. 덜컹거리는 기차 바퀴에 끌려오기라도 하듯 그의 머릿속에는 다른 풍경, 다른 시간이 꿈결처럼 펼쳐졌다.

당시 그는 크게 상심한 채 멕시코로 떠났다. 이후 처음으로 그녀에게서 소식이 올 때까지, 그 끔찍한 몇 주와 몇 달 동안 머릿속을 숫자와 **개발** 계획으로 꽉 채우며 지냈다. 말을 타고 산과 들을 달리거나 탐험을 하며 몸을 혹사했다. 또는 끝없이 결실을 보아야 하는 여러 가지 교섭과 연구에 몰두해야만 했다. 그러지 않고는 도저히 견딜 수 없었다. 그는 새벽부터 밤늦도록 숫자에 매달리면서 문서를 작성하고 토론했다. 그렇게 끝없는 기계적 작업에 자기 자신을 가두었지만, 그에게 들리는 것은 오직 내면의 목소리가 간절히 외치는 그녀의 이름뿐이었다.

그는 참을 수 없는 감정을 억누르려고 알코올이나 약물에 취하듯 오로지 일에만 몰두했다. 아무리 피로에 찌들었더라도 온종일 행한 모든 일을 매시간 차곡차곡 기록해 두었다. 그러고는 시간이 될 때마다 마음을 담은 한 다발의 기록을 그녀에게 보냈다. 서로 미리 합의해 둔 수신인의 주소로 우편을 보낸 것이다. 멀리 떨어진 연인이 예전과 똑같이 매 순간 자신의 생활과 함께할 수 있도록. 이렇게 함으로써 그는 수천 마일이나 되는 바다와 언덕, 지평선을 넘어 그녀의 부드러운 눈길이 어렴풋하게나마 그의 하루에 머물고 있음을 느끼려 했다.

그녀의 답장에는 진심으로 감사하는 마음이 묻어났다. 그녀의 편지 속 솔직하고 잔잔한 어투에는 그를 향한 열정이

담겨 있었지만, 그럼에도 항상 절제된 격식을 갖추고 있었다. 그들은 상황을 한탄하는 일 없이 매번 진솔하게 각자의 일상을 기술했다. 그는 자신을 향한 그녀의 진지함이 엄격하다고 느꼈고, 그 진지함의 무게를 덜어주며 가볍게 위로하는 듯한 그녀의 미소를 느끼지 못하는 것이 못내 아쉬웠다.

그녀의 편지는 고독한 자에게 소중한 양식이자 생명수 같았다. 그는 황야와 깊은 산을 다니면서도 늘 그녀의 편지를 지니고 다녔고, 말안장 가까운 곳에 가방을 매달아 두고는 탐험 중 갑자기 폭우가 쏟아지거나 강을 건널지라도 편지가 물에 젖지 않도록 주의를 기울였다. 얼마나 자주 읽었던지 편지의 접힌 부분이 선명하게 보였고 모든 내용을 외울 정도였다. 어떤 단어들은 키스와 눈물 자국으로 지워지기까지 했다. 이따금 혼자 있을 때면, 그는 편지를 꺼내 그녀의 목소리를 떠올리며 한 마디씩 읽거나 멀리 있는 그녀를 마법처럼 불러내기도 하였다. 낱말 하나, 문장 하나, 맺음말 하나가 기억나지 않을 때면 한밤중에라도 갑자기 벌떡 일어나 불을 켜고 그 부분을 찾아 읽었다. 그런가 하면 편지 속 필적에서 그녀의 손 모양을 떠올리며 그 손에서부터 팔과 어깨, 머리로 올라가 바다와 대륙을 넘어서 다가오는 그녀의 온몸을 상상해 보기도 했다.

그는 원시림 속의 벌목꾼, 또는 곰처럼 앞을 가로막는 위협적인 야생의 시간을 사납고 힘차게 베어내며 뚫고 나갔다. 그러면서 귀향과 여행의 시간, 수천 번 환상 속에서 갈망한 포옹의 순간 등을 초조하게 그려보았다. 그는 새로 발굴

된 채굴 현장에 임시방편으로 납 지붕 오두막집을 짓고 살았다. 그는 그곳 나무 침대 위에 달력을 걸어놓고 저녁마다 날짜를 지웠다. 저녁 시간까지 참지 못하고 정오에 벌써 날짜를 지운 적도 있었다. 그런 식으로 그는 점점 더 짧아지는 귀환일을 세었다. 420일, 419일, 418일…… 남은 일수가 400일, 350일, 300일처럼 숫자가 딱 떨어지는 날이 되거나 그녀의 생일, 그녀를 처음 대면한 날, 그녀가 감정을 최초로 드러낸 날처럼 비밀스러운 기념일이 다가오면, 그는 늘 주변 사람들을 불러 파티를 열었다. 이럴 때면 사람들은 어리둥절해하며 대체 무슨 일인지 묻곤 했다. 그러면 그는 아무 말도 하지 않고 궁색한 원주민 아이들에게 돈을 나누어 주었다. 노동자들에게는 브랜디를 선사했다. 그들은 환호했고 갈색의 야생 망아지처럼 껑충 뛰며 즐거워했다. 이런 날들이면 그는 정장을 차려입었고, 포도주를 가져오게 시키거나 최고의 음식을 장만하여 축하했다. 특별히 밖의 장대에 걸어 놓은 깃발에서는 기념 불꽃이 타올랐다. 이웃 사람들과 그를 돕는 직원들이 신기해하며 다가와 그가 어떤 성인을 기념하는 건지 아니면 무슨 특별한 이유가 있는 건지를 물어보곤 했다. 그럴 때면 그는 미소를 지으며 "그게 무슨 상관인가? 우리 모두 즐기기나 하세"라고 말할 뿐이었다.

그렇게 한 주가 지나고 또 한 달이 지났다. 이어서 죽을 정도로 힘들었던 한 해가 지나고 또 반년이 흘렀다. 어느덧 예정된 귀환 날짜까지는 겨우 7주 정도만을 남겨 두었다. 초조함을 견디지 못한 그는 벌써부터 유럽으로 떠날 궁리를 했다. 귀환 100일 전에 이미 그는 '아르칸사스'호 배편을 예약하고 돈까지 지불하여 선박 회사의 담당자를 깜짝 놀라게 하기도 했다. 바로 이때 그의 달력뿐만 아니라 수백만 인류의 운명과 미래를 갈기갈기 찢어버린 그 재앙의 날, 참담한 재앙의 날이 무자비하게 오고야 말았던 것이다!

측량기사이기도 한 그는 이른 아침부터 작업반장 두 명과 함께 말을 끄는 원주민들을 데리고 유황 섞인 누르스름한 평지에서 산악지대로 올라갔다. 마그네사이트가 매장된 것으로 추측되는 새로운 굴착 지점을 조사하기 위해서였다. 암석에 반사된 직사광선이 뜨겁게 내리쬐는 그곳에서 메스티소 일꾼들은 이틀 동안 해머로 바위를 부수고 땅을 파헤치며 힘들게 내부를 탐사했다. 그런데도 그는 마치 무엇에 홀린 사람처럼 일꾼들을 몰아붙였다. 임시로 파놓은 우물까지의 거리는 100보도 안 되었지만, 그는 그들이 갈증을 풀려고 거기까지 가는 것도 허락하지 않았다.

사실 그는 얼른 우체국으로 달려가 그녀의 편지를 읽고 싶은 마음뿐이었다. 하지만 사흘이 지났음에도 여전히 원하는 깊이까지는 파지 못했고, 광물 검사도 실행되지 못한 상태였다. 그녀의 소식과 글을 향한 열망에 미칠 정도로 사로잡혔던 그는 혼자라도 말을 타고 어제 도착한 편지를 찾으러 우체국으로 달려가려 했다. 그는 다른 사람들을 모두 천막에 남겨두고, 단 한 사람의 일꾼만 데리고 위험하기 짝이 없는 좁은 산길을 밤새도록 달려 철도역까지 도달했다. 두 사람은 마침내 헐떡거리는 말을 타고 차가운 바위산이 내뿜는 냉기에 얼어붙은 채 작은 마을에 들어섰다. 그리고 평소와 다른 이상한 광경을 맞았다. 여러 쌍의 백인 이주민들이 하던 일을 제쳐놓고 기차역에 모여 있었고, 그 주변에는 소리치며 뭔가를 묻거나 놀란 눈으로 그들을 바라보는 메스티소와 원주민들이 보였다.

힘겹게 흥분한 사람들 틈새를 뚫고 들어간 두 사람은 관공서에서 뜻밖의 소식을 들었다. 연안 지역에서 전보가 왔는데, 유럽에서 전쟁이 일어나 독일과 프랑스가 맞붙고, 오스트리아가 러시아와 싸움을 벌이는 중이라고 했다. 이 믿을 수 없는 소식에 격분한 그는 얼떨결에 말의 허리에 박차를 가했다. 이에 놀라서 기겁한 말이 히힝 소리를 지르며 뒷발로 일어서고는 지역 정부 청사 쪽으로 달려갔다. 거기서 그는 더욱 충격적인 소식을 들을 수 있었다. 전쟁이 일어난 것은 틀림없는 사실이며, 영국도 독일에 전쟁을 선포하고는 독일의 해안을 봉쇄했다는 것이다. 대륙과 대륙 사이에 철의 장막이 드리워졌고, 언제 다시 그것이 무너질지는 아무도 알 수 없었다

분노를 참지 못해 주먹을 불끈 쥐고 테이블을 내리쳤지만 소용없는 일이었다. 그 순간 무기력한 수백만의 사람들 역시 운명의 가혹한 벽을 향해 그처럼 분노를 터뜨렸을 것이다. 그는 즉시 편법을 써서라도 밀항해야겠다고 생각했다. 이 가혹한 운명에 도전할 다른 수단이 있을지도 고민했다. 하지만 그때 우연히 그 곁에 있던 친한 영국 영사가 넌지시 경고의 말을 했다. 앞으로는 그의 일거수일투족을 감시하지 않을 수 없다는 것이었다. 그를 유일하게 위로한 것은 이런

미친 짓거리가 오래가지 않을 것이라고 믿는 다른 수많은 사람의 희망 섞인 말이었다. 그들은 미친 외교관들과 장군들이 벌이는 이 얼간이 같은 행위가 몇 주나 몇 달 내에는 끝날 것이라고 여겼다.

하지만 이 실낱같은 희망에 곧 다른 요소가 끼어들었다. 그것은 아직은 더 번창해야 하고 더 강력하게 추진되어야 하는 힘, 즉 일이라는 요소였다. 그는 스웨덴에서부터 이어진 해저전신을 통하여 회사로부터 긴급 명령을 받았다. 현지에서의 재산 압류를 막기 위해 사업을 독립적으로 실행하고 멕시코 현지인을 회사 대표로 내세워 경영하라는 지시였다. 이를 위해서는 '극복'이라는 에너지가 필요했다. 그 밖에 전쟁이라는 위압적인 사업가도 광산에서 나오는 금속이 필요했으므로, 신속히 채굴 작업을 진행하고 영업을 강화해야만 했다. 그렇기에 그는 사업에 전력을 기울여야 했고 다른 생각은 엄두도 낼 수 없었다. 그는 하루 12시간, 때로는 14시간 동안 일에 매진했다. 일을 끝내고 저녁이 되면, 숫자라는 폭탄에 두들겨 맞아 꿈조차 꿀 수 없을 만큼 녹초가 되어 아무 생각 없이 침대 속으로 가라앉았다.

그는 스스로 변하지 않았다고 생각했지만, 이렇게 지내다 보니 그의 내부에 있는 치밀한 열정의 그물이 서서히 풀어지기 시작했다. 인간은 추억만으로 살 수 없다. 그것이 인간의 본질이다. 색이 바래지 않고 꽃이 시들지 않으려면 땅의 영양분은 물론, 하늘의 새로운 빛이 늘 필요하다. 식물이나 모든 구성물이 그렇듯, 우리가 꾸는 꿈도 마찬가지이다. 얼핏 비현실적으로 보이는 꿈조차도 모종의 감각적 양분이 필요하다. 섬세하고 구체적인 감각의 도움이 필요한 것이다. 그렇지 않으면 그 본연의 특징과 광채도 흐릿해지기 마련이다.

그의 열정에도 이런 일이 발생했다. 수개월이 흐르고 1년이 지났지만, 그는 그녀에게서 아무 소식도 들을 수 없었다. 점차 그녀가 편지에 기록한 글이나 그녀에 대한 특징도 더는 뚜렷하게 떠오르지 않았다. 급기야는 그녀의 모습도 점차 희미해지기 시작했다. 고된 일로 불살라진 하루하루가 지나간 추억 위에 수북이 재를 뿌려놓았다. 녹슨 시간 밑으로 추억이 여전히 붉게 불타올랐지만, 결국 그 위로 타다 쌓인 재만 점점 더 두터워질 뿐이었다. 그는 가끔 그녀의 편지를 꺼내 읽었다. 하지만 종이 위의 잉크는 점차 희미해졌고, 낱말들은 가슴에 새겨지지 않았다. 언젠가 그는 사진을 보며 깜짝 놀랐다. 흑백사진 속 그녀의 눈동자 색을 기억해 낼 수 없었기 때문이었다.

그녀의 영원한 침묵, 대답 없는 그림자와의 무의미한 대화에 자신이 이미 지쳤다는 사실을 의식하지 못한 채, 그는 한때 마법처럼 활기를 불어넣었던 그 소중한 편지로부터 점점 더 멀어져 갔다. 급속도로 커진 사업으로 인해 주변에 사람들과 사업 파트너들이 늘어갔다. 사교를 활발하게 하면서부터는 친구와 여자도 많이 알게 되었다. 전쟁이 발발하고 3년째 되던 해, 그는 사업차 베라크루스로 여행을 떠나 어느 독일인 사업가의 집에 머물게 되었고, 그곳에서 사업가의 딸을 만나게 되었다. 그녀는 조용하고 가정적이었고 아름다운 금발이 돋보였다. 이때 그는 증오와 전쟁, 광기로 침몰하는 이 세상에서 자신이 여전히 외로운 존재에 불과하다고 생각했다. 불안감이 그를 사로잡았다. 그는 곧바로 그 처녀와 결혼하기로 결정을 내렸다. 첫아이에 이어 곧 둘째 아이가 태어났다. 이 아이들은 그가 잊어버린 사랑의 무덤 위에 피어난 살아 있는 꽃과도 같았다. 삶은 순탄해져 갔다. 밖에선 사업으로 승승장구했고 집 안에는 가정의 평화가 맴돌았다. 이렇게 4, 5년이 지나자 그는 과거의 자신에 대해 전혀 생각하지 않게 되었다.

그러던 어느 날 전신 케이블이 요동치며 사방에서 종소리가 크게 울려 퍼지는 날이 찾아왔다. 세상이 들끓고 종전 소식을 대문짝만하게 실은 호외가 나돌았다. 도시의 길거리마다 사람들이 쏟아져 나와 큰 소리로 외치며 기뻐 날뛰었다. 특히 영국인들과 미국인들은 창가에 나와 마음껏 승리의 환호성을 지르며 독일의 패배를 소리 높여 외쳤다. 반면에 그는 불행 속에 다시 사랑하게 된 조국을 생각하며 상심에 사로잡혀 있었다. 그와 동시에 그녀의 모습이 기억났다. 불현듯 그녀의 형상이 걷잡을 수 없을 만큼 강렬하게 그의 감정 속으로 파고들어 왔다. 이곳 신문들이 유쾌한 어조로 넓은 지면에 대서특필하며 장황하게 보도한 그 비참하고 궁핍했던 몇 년 동안 그녀는 과연 어떻게 지냈을까? 그녀의 집은 폭동과 약탈을 피해 온전히 남아 있을까? 그녀의 남편과 아들은? 한밤중에 그는 쌔근거리며 잠자는 아내 곁에서 일어나 불을 켜고는, 새벽하늘이 어슴푸레 밝아올 때까지 무려 다섯 시간 동안이나 많은 사연을 담은 장문의 편지를 썼다. 그는 이 편지에서 독백조로 지난 5년간의 삶을 그녀에게 모두 이야기했다.

두 달이 지나고 그가 자신이 쓴 편지를 까맣게 잊었을 때쯤 답장이 도착했다. 그는 두툼한 편지 봉투를 손에 들었다. 감히 곧바로 편지를 열어볼 수가 없었다. 익숙한 글씨체에 울컥하여 한동안 망설였던 것이다. 마치 금지된 판도라의 상자라도 잡고 있는 것처럼 그는 그녀의 편지를 손에 쥐고 있었다. 이틀 동안이나 그는 편지를 개봉하지 못하고 양복 안주머니에 넣고 다녔다. 그러면서 이따금 마치 그의 심장이 거부 반응을 보이듯 박동하는 것을 느꼈다.

하지만 마침내 편지를 연 그는 부담스럽게 친근하지도, 그렇다고 형식적으로 차갑지도 않은 글을 보았다. 그는 잔잔한 필체에서 과거 자신을 그토록 행복하게 해주었던 그녀의 세심한 감정을 꾸밈없이 받아들일 수 있었다. 편지에 따르면 그녀의 남편은 전쟁이 시작하자마자 세상을 떠났다고 한다. 하지만 이는 서글퍼할 일만도 아니라고 했다. 위기에 처한 회사, 점령당한 도시, 섣불리 승리에 도취한 민족이 후에 겪어야만 했던 비참한 처지, 이 모든 것들을 남편이 보지 않을 수 있었기 때문이다. 이어서 그녀 자신과 아들은 건강하며, 자신이 들려줄 수 있는 이야기보다 훨씬 더 좋은 소식을 그에게서 들을 수 있어 매우 기쁘다고도 했다. 그녀는 그의 결혼에 대해 진솔한 축하를 전했다.

무의식중에 그는 미심쩍은 마음으로 그녀의 편지를 상세히 읽어보았다. 하지만 거기에 어떤 다른 의도가 숨겨져 있진 않았다. 편지에는 그녀의 본심이 잘 드러나 있었다. 모든 말이 순수했으며, 과도한 표현이나 감상적인 태도는 보이지 않았다. 과거의 열정은 수정처럼 해맑은 우정으로 변모해 있었다. 그는 결코 그녀의 고귀한 심성이 아닌 다른 어떤 것을 바라지 않았다. 하지만 다시 한번 그녀의 명료하고 확실한 태도를 보게 되자 불현듯 진지하면서도 선의에 찬 미소를 짓는 그녀의 눈동자, 빛나는 그 눈동자를 보고 있는 것만 같았다.

그는 고마운 마음과 함께 감동이 밀려와 즉시 책상에 앉아 그녀에게 길고 상세한 편지를 써 내려갔다. 이렇게 해서 오랫동안 중단되었던, 편지로 일상사를 주고받던 습관이 되살아나게 되었다. 전 세계를 뒤흔든 돌발적인 사건마저도 그들 사이의 교류를 완전히 끊을 수는 없었다. 그는 이제 자신이 누리는 삶의 형태를 명확히 의식하고 마음속 깊이 감사함을 느꼈다. 그의 삶은 성공적이었다. 사업은 날로 번창했고, 가녀린 꽃송이 같던 아이들은 어느새 말도 하고 정다운 눈빛으로 인사할 줄 알게 되었다. 그의 퇴근 후 저녁 시간은 즐거움이 가득했다. 예전에 그를 밤낮으로 괴롭히던 청춘기의 뜨거운 불길은 이제 밝은 빛, 결핍이나 위험이라곤 없는 잔잔하고 선한 우정의 빛으로 변해 있었다.

2년 뒤 그는 어느 미국 회사와 화학 특허권 문제를 협상하게 되었다. 그 회사가 베를린에서 만날 것을 요청했을 때, 그는 이제는 친구가 된 옛 연인과 독일에서 만나는 것을 당연하게 생각했다. 베를린에 도착하자마자 그는 호텔에서 제일 먼저 프랑크푸르트로 전화를 걸었다. 9년이 지났어도 전화

번호가 바뀌지 않았다는 게 그에게는 어떤 특별한 의미처럼 여겨졌다. '아무것도 변한 것이 없으니 좋은 징조가 아닐까?' 테이블 위의 전화기에서 벨 소리가 요란하게 울리자, 그는 수년이 지난 지금, 곧 그녀의 목소리를 다시 듣게 되리란 사실에 자신도 모르게 몸을 떨었다. 수년이라는 세월, 바다와 대지를 뛰어넘어 그녀의 목소리가 들판과 밭고랑, 집과 굴뚝을 지나 그에게 들려올 참이었다.

그가 자신의 이름을 대자마자 그녀는 깜짝 놀라 외쳤다. "루트비히 당신인가요?" 귓가에 닿은 그 목소리는 피가 멈춘 듯한 그의 심장 속으로 곧장 찌를 듯이 파고들었다. 대화를 계속하기가 힘들었고, 무겁지도 않은 수화기가 손안에서 몹시 흔들렸다. 놀란 그녀가 가볍게 외치는 해맑은 음색, 기쁨을 내뱉듯 울리는 그 목소리가 그의 삶에 숨겨진 어떤 예민한 부분을 건드린 것이 틀림없었다. 왜냐하면 그는 관자놀이 근처 혈관이 윙윙거리는 것을 느꼈고, 이 때문에 그녀의 말을 제대로 알아듣기 어려웠기 때문이다. 그는 무슨 소리인지 알아듣거나 들으려고도 하지 않았다. 하지만 마치 누군가에게서 원치 않는 말을 귓속말로 지시받은 것처럼, 내일모레 프랑크푸르트로 가겠다고 약속해 버렸다. 이것으로 그의 평온한 상태는 사라져 버렸다.

그는 협상을 배로 빨리 매듭짓기 위하여 자동차를 타고 이곳저곳을 돌아다녔고, 마침내 모든 일을 급하게 마칠 수 있었다. 다음 날 아침, 잠에서 깨어난 그는 꽤 오랜만에 꿈을 꾼 것 같다고 생각했다. 4년 만에 처음으로, 그가 그녀에 관한 꿈을 꾼 것이다.

이틀 후, 사방이 꽁꽁 얼어붙을 만큼 추운 밤이 지나고 아침이 왔다. 그는 곧 프랑크푸르트로 가겠다는 전보와 함께 그녀의 집으로 향했다. 그곳으로 향하던 그는 문득 자신의 걸음걸이가 이상하다고 느꼈다. 그의 지금 걸음걸이는 저 먼 대륙에 있을 때의 자신의 걸음걸이, 당당하게 확신에 찬 그 걸음걸이가 아니었다. 그는 자문해 보았다. 나는 왜 다시 예전의 그 수줍고 불안한 스물셋 청년처럼 걷는단 말인가? 부끄러워하며 떨리는 손가락으로 해진 재킷의 먼지를 털어내고, 새로 산 장갑을 끼고 나서야 초인종을 누르던 그 시절로 왜 돌아가고 있는 것인가? 왜 갑자기 가슴이 이토록 뛰고, 당황하여 어쩔 줄 모르는 것일까? 당시 나는 이 청동 대문 뒤 다정하게, 혹은 사납게 나를 붙잡을 운명이 숨어 있음을 예감했었지. 그러나 오늘은 무엇 때문에 주눅 들고, 무엇 때문에 마음속 확신과 안정감이 점점 더 사라지는 것일까?

그는 어떻게든 정신을 차리려고 애썼다. 자신의 부인과 아이들, 집과 사업 그리고 먼 이국땅을 떠올려 보았다. 하지만 소용없었다. 그리고 곧 이 모든 것이 유령처럼 떠도는 안개에 휩쓸려 나가기라도 하듯 서서히 어두워지며 사라졌다. 그는 문득 외로움을 느꼈다. 그녀가 가까이 있는 지금, 여전히 그는 무엇인가 청하는 서툰 소년과도 같았다. 그는 떨리고 뜨거운 손으로 그녀의 집 대문 금속 손잡이를 잡았다.

그러나 대문을 열고 들어서자마자 그 낯선 기분은 사라져 버렸다. 예전보다 더 야위고 늙은 하인이 눈물을 글썽이며 그를 따뜻하게 맞아주었기 때문이다. "박사님!" 하고 부르는 하인은 거의 흐느끼며 말을 더듬었다. 고향에 돌아온 오디세우스처럼 그는 하인과 악수하면서 생각했다. '집 안의 개들은 너를 알아볼 것인가, 여주인은 너를 알아볼 것인가?' 하지만 그때 이미 입구를 가린 커튼이 한쪽으로 젖혀지고 있었다. 그곳에서 그녀가 팔을 벌리며 그에게 다가왔다. 한동안 둘은 손을 마주 잡은 채 상대를 바라보았다. 이 상태는 짧지만 마법처럼 만족스러운 순간이었다. 그들은 멈춰 선 채 비교하고, 관찰하고, 탐지하고 깊이 숙고했다. 수줍어하면서도 행복해하고, 다시 무엇인가 숨기려는 눈빛을 하면서도 행복에 벅차했다. 그런 순간이 지나고 나서야 비로소 물음이 미소로 바뀌었고, 서로를 바라보던 눈빛도 친밀한 인사로 바뀌었다. 아, 바로 그녀였다! 물론 조금 나이가 들었고, 여전히 가르마를 탄 왼쪽 머리에 은빛 머리칼이 실타래처럼 갈라져 휘날리고 있었다. 하지만 은은한 빛이 감도는 그녀의 부드럽고 정겨운 얼굴은 한층 더 잔잔하면서도 근엄해 보였다. 그는 끝없이 길었던 지난 세월의 갈증을 느꼈다. 그러면서 가벼운 사투리가 섞인 친밀한 억양으로 인사하는 그녀의 다정한 목소리를 한껏 음미했다.

"이렇게 찾아줘서 정말 고마워요."

그녀의 목소리는 마치 소리굽쇠가 맑은 음향을 내듯 순수하고 잔잔하게 들려왔다. 두 사람은 건반에 놓인 오른손과 왼손이 교차하며 명쾌한 음향을 내듯이, 소리를 높였다가 멈추며 서로 질문과 대답을 이어 나갔다. 그가 처음에 느꼈던 난처하고 답답한 마음이 사라지는 데엔 그녀와의 대화 한마디면 충분했다. 그녀가 이야기할 때면 그의 모든 생각은 그녀를 향했다. 하지만 이야기하던 그녀가 생각에 잠긴 채 침묵하며 눈을 내리깔자, 돌연 그림자처럼 어떤 생각이 그의 머릿속을 스쳤다. '저 입술이 내가 키스한 입술이었나?'

그녀가 잠시 전화를 받으러 간 틈에 그는 홀로 방에 남게 되었다. 사방에서 과거의 추억이 제어할 수 없을 만큼 강렬히 밀려왔다. 아까 전만 해도 목소리를 죽였던 안락의자와 그림이 나직이 입을 벌리며 말을 걸어왔다. 들리지 않는 속삭임일지라도, 그는 분명히 알아들을 수 있는 것 같았다. 그는 중얼거렸다. '맞아! 나는 이 집에서 살았고, 나의 어떤 부분은 여기 그대로 남아 있지. 그 시절에 있었던 뭔가가 여기 있는 거야. 나는 아직도 저쪽 세상으로 넘어간 것이 아니야. 나는 완전히 저편에 있는 내 세계에 속하지 않는 거야…….' 이때 그녀가 다시 쾌활한 모습으로 방으로 들어왔고, 그러자 주변 사물들도 다시 조용해졌다.

"루트비히, 점심때도 여기 계실 거죠?" 그녀는 이렇게 묻는 것이 당연하다는 듯 명랑한 어조로 말했다. 그는 종일 그녀 곁에 머물렀다. 두 사람은 대화를 나누며 지나간 세월을 함께 되돌아보았다. 지나간 세월을 이야기하던 그는 비로소 그 세월이 정말로 흘러갔음을 실감했다. 마침내 어머니처럼 부드러운 그녀의 손에 입 맞추며 작별을 고하고 문밖으로 나왔을 때, 그는 한 번도 이 집을 떠난 적이 없는 것 같은 기분을 느꼈다.

그러나 그날 밤, 낯선 호텔 방에 홀로 있게 된 그는 가슴속 심장이 옆에서 째깍거리는 시계 소리보다 더 격렬하게 뛰는 바람에 전혀 안정을 찾을 수 없었다. 잠이 오지 않았다. 그는 결국 침대에서 일어나 불을 켰다. 그러고는 다시 끄고 자리에 누웠다. 여전히 잠은 오지 않았다. 계속해서 그녀의 입술만 떠올랐다. 그 입술은 다정하게 이야기하는 친밀함과는 다르다는 것을 그는 알고 있었다. 그러자 불현듯 깨달음이 찾아왔다. 둘 사이에 이렇게 느긋하게 담소만 나누는 것은 거짓이라는 걸. 그들 사이에는 아직도 해결되지 않고 풀리지 않은 무언가가 있었다. 결국 그는 예민함과 산만함, 불안과 열정으로 혼란스러운 얼굴 위에 우정이라는 가면이 가식적으로 씌워져 있었음을 깨달았다.

그는 너무 길고 많은 밤, 수많은 세월과 나날을 저 너머 오두막 캠프파이어에서 보냈다. 그곳에서 그는 서로 품 안으로 달려들어 뜨겁게 포옹하고, 모든 것을 다 바쳐 사랑하며 옷을 벗어 던지는 재회를 상상했다. 지금처럼 공손한 태도로 담소하고 서로 안부를 묻는 식의 우정은 전혀 진실한 것이 아니었다. 그는 중얼거렸다. '나는 배우였고, 그녀도 배우였어. 하지만 속마음을 속일 수는 없지. 분명히 그녀도 오늘밤 나처럼 잠을 이루지 못할 거야.'

다음 날 아침 다시 그녀를 찾았을 때, 그는 그녀가 심란한 태도로 허둥지둥하며 마주칠 때마다 눈을 피하는 것을 보았다. 첫마디부터 그녀의 말은 뒤엉켰고 그 후로도 자연스럽게 대화를 이어가지 못했다. 어조가 급격히 고조되다가 바닥을 쳤고, 이야기하다 말고 자주 침묵했다. 어떨 때는 해소하기 힘들 만큼 날카로운 긴장이 조성됐다. 박쥐가 동굴 벽에 부딪히는 것처럼, 묻고 답하는 두 사람을 충돌하게끔 하는 무언가가 둘 사이에 가로놓여 있었다. 그들은 대화를 나누며 어떤 것은 흘려듣거나 이따금 건너뛰기도 한다는 것을 알아차렸다. 둘의 대화는 조심스레 우회하며 겉돌았고, 갈지자로 걷다가 결국 지루해지고 말았다. 상황이 어떠한지를 직시한 그는 시내에서 급히 사업상 회의가 있다며 그녀의 점심 초대를 사양했다.

그녀는 이렇게 그가 떠나는 것이 매우 섭섭했다. 이제 그녀의 목소리는 다시 조금은 수줍으면서도 진심으로 따뜻한 마음을 담고 있었다. 하지만 그를 붙잡을 만큼의 용기는 없었다. 그녀는 그를 배웅하며 예민한 기색으로 시선을 피했다. 그 무엇인가가 신경을 건드리는 것 같았다. 대화는 계속 보이지 않는 어떤 것에 부딪히며 중단되곤 했다. 그 어떤 것이 방에서 방으로, 말에서 말로 따라다니다가, 급기야는 엄청나게 커져서 두 사람의 호흡마저 억누르고 있었다. 얼른 외투를 걸치고 문 앞에 다가선 그는 그제야 마음이 가벼워지는 걸 느꼈다. 그러나 갑자기 그는 결연한 태도로 돌아서며 그녀에게 말했다. "떠나기 전에 부탁드릴 것이 있습니다." 그러자 부인은 미소를 지으며 말했다. "부탁하신다니, 무엇이든 말씀하세요." 그가 바라는 것을 들어줄 수 있어서 기쁘다는 듯이 그녀의 얼굴이 다시 밝아졌다.

그는 망설이는 눈빛으로 말했다. "어리석은 짓인지도 모르겠습니다만, 당신이라면 분명히 저의 이런 마음을 이해하실 겁니다. 전에 2년 동안 제가 살았던 방을 한번 보고 싶습니다. 지금까지는 늘 저 아래 응접실에 있었지요. 그런데 보시다시피 제가 지금 이대로 돌아간다면, 이 집에 왔었다는 느낌을 전혀 갖지 못할 것 같군요. 나이가 들다 보니 젊은 시절을 찾고 싶고, 자잘한 추억에도 어리석지만 기쁨을 느끼게 됩니다.”

“당신이 늙었다니요, 루트비히!” 그녀가 기막히다는 듯 반박했다. “너무 당찮은 말씀이세요! 나를 봐요, 머리가 하얗게 셌잖아요. 나하고 비교하면 당신은 소년 같은데, 벌써 나이가 들었다고 말하는군요. 그렇게 말할 권리는 나한테나 주세요! 이런, 당신이 지내던 방으로 가야 하는 걸 깜빡했네요. 당신 방은 여전히 그대로예요. 전혀 변하지 않은 걸 곧 알게 될 거예요. 이 집에서는 아무것도 변한 것이 없어요.”

“부인도 변한 것이 없기를 바랍니다.” 그는 살짝 농담하려고 했지만, 그녀가 이런 그를 바라보자 자신도 모르게 그의 눈빛도 다정하고 따뜻하게 변했다. 그녀는 가볍게 얼굴을 붉히며 말했다. “나이는 들어도 마음은 똑같답니다.”

두 사람은 그가 지내던 방으로 올라갔다. 그런데 방으로 들어가면서 약간은 곤혹스러운 일이 벌어졌다. 그녀가 방문을 열면서 그가 들어가도록 비켜섰는데, 두 사람 모두 예의를 갖추려는 탓에 문틀 근처에서 서로 살짝 어깨를 부딪쳤던 것이다. 두 사람은 깜짝 놀라 얼른 뒤로 물러섰다. 하지만 이 순간적인 육체와 육체의 스침만으로도 둘은 당황해서 어쩔 줄 몰라 했다. 온몸을 마비시킬 것 같은 당혹감이 은연중에 그들을 휘감았다. 조용하고 텅 빈 공간에서 일어난 일이었기에 그 느낌은 훨씬 더 강했다.

그녀는 커튼을 올리려고 급히 창가로 다가갔다. 그러자 많은 빛이 들어와 마치 움츠리고 있는 것 같던 어두운 사물들을 비췄다. 갑자기 쏟아진 환한 빛으로 인해 사물들이 화들짝 놀라 살아 움직이는 것만 같았다. 눈앞의 모든 것이 의미심장하게 지난 추억을 이야기하기 시작했다. 그녀의 손길로 언제나 은밀하게 정돈됐던 옷장, 까다로운 그의 독서 취향에 맞추어 의미 있게 채워졌던 책장이 그의 앞에 보였다. 수없이 꾸었던 그녀 꿈을 널찍한 이불 속에 감춰줬던 침대는 더 선정적으로 과거를 이야기하고 있었다. 바로 저편 구석엔, 생각만 해도 얼굴이 화끈거리지만, 그녀가 그를 뿌리치며 몸을 피했던 소파도 여전히 남아 있었다.

이제 활활 타오르는 열정에 사로잡힌 그는 자신의 방 여기저기서 그녀의 흔적과 메시지를 감지했다. 하지만 지금 그의 옆에 선 그녀는 조용히 숨 쉬며 아주 낯설고 이해할 수 없는 눈빛으로 다른 쪽을 보고 있었다. 몇 년 동안이나 방에 틀어박혀 무겁게 고여 있던 침묵은 사람들이 나타나자 깜짝 놀라 거세게 부풀어 올랐다. 그 침묵은 강한 압력으로 그의 폐와 심장을 억눌렀다. 무슨 말이든 꺼내서 이 침묵을 깨뜨려야만 질식하지 않을 것 같았다. 둘 다 그것을 느꼈다. 그녀가 갑자기 돌아서며 침묵을 깨뜨렸다.

"모든 것이 예전과 똑같죠, 안 그래요?" 그녀는 마음을 다잡고 아무 말이나 되는 대로 꺼내기 시작했다. (그렇지만 음성은 잠겨서 떨리고 있었다.) 그러나 그는 정중하기만 한 대화를 더는 받아들이지 않겠다고 입술을 깨물었다.

"그래요, 모든 것이 똑같아요." 그는 갑자기 분노가 치밀어 올라서 이렇게 퉁명스럽게 내뱉었다. "모든 것이 예전과 똑같지요. 우리만 아니고, 우리만 아니고요!"

날카로운 말이 그녀를 향해 비수처럼 날아갔다. 그녀는

깜짝 놀라 돌아섰다.

"무슨 말이죠, 루트비히?" 그러나 그녀는 그의 눈빛을 마주할 수 없었다. 그의 눈은 그녀의 눈을 바라보지 않았다. 두 눈은 몽롱한 동시에 화염처럼 이글거리며 그녀의 입술을 노려보고 있었다. 그 입술은 그가 수년 동안이나 닿지 못했지만, 한때는 살과 살로 맞닿아 뜨겁게 타오르던 입술, 과실처럼 촉촉하고 감미롭게 느껴졌던 입술이었다. 그녀는 난감해하면서도 이렇게 바라보는 그의 정념 어린 눈빛을 이해했다. 순간적으로 그녀의 얼굴이 붉게 달아올랐다. 그러자 그는 이 방에서 작별하던 그때의 젊은 그녀가 다시 돌아온 것만 같았다. 또 한 번 그녀는 자신을 빨아들일 것 같은 그의 위험한 눈빛을 떨쳐내려고 애썼다. 그녀는 그의 명백한 의도를 모르는 체했다.

"무슨 말이죠, 루트비히?" 그녀는 또 한 번 같은 물음을 반복했지만, 그것은 대답을 바라는 물음이라기보다는 설명 같은 것은 하지 말아 달라는 부탁에 가까웠다.

그러자 그는 확고하고 결연한 태도를 취했다. 이제 그의 눈빛은 남성적으로 강하게 그녀의 눈빛을 휘감아 버렸다. "당신은 저를 이해하려 하지 않는군요. 그러나 저는 당신이 제 말을 이해한다는 것을 알고 있습니다. 당신은 이 방을 기억하고 있어요. 이 방에서 저에게 맹세했으니 말입니다. 제가 멕시코에서 돌아오면……."

그녀는 어깨를 움찔하며 그의 말을 거부하려고 했다. "그만해요, 루트비히…… 이미 지나간 일이니까 우리 그 일은 그만 이야기하기로 해요. 그때의 그 시간이 지금 어디 있나요?"

"시간은 아직 우리에게 있습니다." 그는 확고하게 단언했다. "시간은 우리의 의지 속에 있는 것입니다. 저는 입술을 깨물며 9년을 기다렸어요. 하나도 잊은 것이 없습니다. 당신께 묻겠습니다. 그 맹세를 기억하시죠?"

"그래요, 나 역시 아무것도 잊지 않았어요." 그녀는 조용히 그를 응시했다.

"그러면 그 맹세를……." 그는 자신의 말을 강조하기 위하여 잠시 호흡을 가다듬었다. "그 맹세를 이행하시겠습니까?"

다시 그녀의 얼굴이 붉어졌는데, 이번에는 얼굴 전체가 붉어졌다. 그녀는 그를 위로하려는 듯 가까이 다가왔다. "루트비히, 잘 생각해 봐요! 당신은 아무것도 잊은 것이 없다고 말했죠. 하지만 나는 이제 거의 늙은 여자라는 것도 잊지 마세요. 머리가 하얗게 센 여자는 더 바랄 것이 없어요, 더는 줄 것도 없고요. 부탁해요. 우리 과거는 덮어두기로 해요."

그러나 그는 고집스럽고 단호한 태도를 보이는 것이 즐겁기라도 한 것 같았다. "당신은 저를 피하는군요." 그는 이렇게 말하며 그녀를 계속 몰아붙였다. "하지만 저는 너무 오래 기다렸어요. 저는 지금 부인이 약속한 것을 기억하고 있는지 묻고 있습니다."

그녀의 한 마디, 한 마디에 동요의 빛이 역력했다. "왜 내게 묻는 거죠? 모든 일이 늦어버린 지금, 내가 당신에게 말하는 것은 아무 의미도 없어요. 하지만 그렇게 하길 원한다면 대답하겠어요. 나는 당신에게 어떤 것도 결코 마다할 수 없어요. 그래요, 전 당신을 알게 된 그날부터 언제나 당신의 여자였어요."

그는 그녀를 응시했다. 그녀는 얼마나 솔직한가, 혼란 속에서도 얼마나 명철하고 진실한가! 또 얼마나 비굴하지 않고 당당한가! 연인으로서 그녀는 언제나 변함없었다. 매 순간 놀라울 정도로 자신을 지키고, 엄격하면서도 동시에 개방적이었다. 그는 자신도 모르게 그녀에게 다가갔다. 하지만 그의 몸짓 뒤에 숨은 격정을 알아차린 그녀는 곧바로 애원하며 그를 물리쳤다.

"이제 가세요, 루트비히, 얼른요. 여기 그만 있고 내려가세요. 지금은 점심때라 하녀가 나를 찾으러 올 거예요. 우리는 더 이상 여기 있으면 안 돼요."

그의 의지는 그녀의 인품에서 우러나는 힘에 의해 여지없이 꺾여버렸다. 결국 그는 예전과 똑같이 그녀에게 아무 말 없이 굴복하고 말았다. 그들은 한마디도 하지 않고, 서로 눈빛도 주고받지 않은 채 복도를 지나 현관에 이르렀다. 그곳에서 그는 갑자기 몸을 돌렸다.

이어서 그는 그녀에게 말했다. "지금은 당신에게 무슨 말도 할 수 없습니다. 용서하세요. 곧 편지를 쓰겠습니다."

그녀는 미소를 지으며 대답했다. "그래요, 편지를 쓰세요, 루트비히. 그렇게 하는 게 낫겠어요."

그는 호텔 방으로 돌아오자마자, 책상으로 다가가 그녀에게 장문의 편지를 썼다. 터져 나온 열광에 사로잡힌 그는 낱말 하나하나, 편지지 한 장 한 장을 신들린 듯 써 내려갔다.

그는 다음과 같이 썼다. 오늘이 독일에서 보내는 마지막 날이며, 앞으로 몇 달이나 몇 년, 어쩌면 영원히 돌아오지 않을지도 모른다. 나아가 자신은 그녀로부터 냉랭한 거짓 대화, 형식적인 가식을 받아들이며 지낼 수는 없다. 집에서 떨어진 곳에서 다시 한번, 감시당하고 방해받는 곳에서의 불안과 답답함에서 벗어나 또 한 번 그녀와 이야기하길 원하고 또 그리해야만 했다. 그리하여 결국 그는 함께 저녁 기차를 타고 10년 전 그들이 잠시 체류했던 하이델베르크로 떠나자고 제안했다. 당시 그는 서로가 낯설었어도 차후 더 가까워지리라는 기대에 벅차 있었다고도 덧붙였다. 그러나 이번에는 이별, 그가 갈망하던 최후의 아득한 이별이 될 것이라고 했다. 바로 이별의 저녁, 이별의 밤을 그녀에게 요구한 것이다.

그는 급히 편지를 봉인하고 배달부를 시켜 그녀의 집으로 보냈다. 15분이 지난 후 배달부는 봉인된 작은 노란색 봉투를 들고 돌아왔다. 그는 떨리는 손으로 봉투를 열었다. 그 안에는 쪽지 한 장만 들어 있었다. 거기에는 급하지만 힘차게 써 내려간, 확고하고 결연한 필체의 몇 마디 말이 적혀 있었다.

"당신이 원하는 것은 미친 짓이에요. 하지만 나는 결코 당신에게 어떤 것도 거부할 수 없었고, 앞으로도 그럴 거예요. 가겠어요."

기차가 천천히 속도를 줄였다. 불빛이 희미하게 비치는

정거장이 나타나며 제동을 걸기 시작했다. 그는 얼떨결에 꿈을 꾸는 눈빛으로 깊은 회상에서 깨어나 손을 내밀며 그녀를 찾았다. 다정하게 그를 향하던 여인, 아른거리는 꿈의 물결에 파묻힌 그녀의 모습을 다시 확인하기 위해서였다. 그렇다, 언제나 진실한 여인, 말없이 사랑스러운 그녀가 거기 있었다. 그녀가 바로 그와 함께 있는 것이다. 그는 눈앞의 그녀를 마음속으로 계속 포옹했다. 그녀는 마치 자신을 더듬으며 수줍게 애무하는 눈빛을 멀리서 느끼기라도 한 듯, 자리에서 벌떡 일어나 창밖을 향했다. 그러고는 반짝이는 물방울처럼 촉촉하고 희미한 봄날의 풍경을 내다보았다.

"곧 내려야겠군요." 그녀가 나직하게 중얼거렸다.

"그래요." 그가 한숨을 내쉬며 말했다. "참으로 오랜만이지요."

신음하듯 불쑥 튀어나온 이 말이 기차여행을 의미하는 것인지, 아니면 지금 이 시간에 이르기까지 지나온 긴 세월을 의미하는 것인지 그 자신도 알 수 없었다. 꿈결과 현실 사이의 혼란이 그의 감정으로 와락 밀려들었다. 그는 발밑에서 덜커덩거리는 기차 바퀴가 어딘가 어느 순간을 향하고 있다는 것만을 느꼈다. 하지만 왠지 모를 몽롱함 때문에 이 순간을 명확하게 알아낼 수가 없었다. 아니, 이 순간에 대해 생각할 겨를도 없이 보이지 않는 힘에 무책임하게 온몸을 내맡긴 채 비밀스러운 어떤 것을 향해 깊숙이 끌려 들어가는 것 같았다. 그것은 신랑이 첫날밤 갖게 되는 기대감 같은 것으로, 여기에는 달콤하고 관능적이면서도 어두운 감정이 뒤섞여 있었다. 요컨대 무한히 갈망하던 일이 가슴 뛸 만큼 놀라운 현실로 다가왔을 때, 그 실현을 앞둔 불안이나 신비로운 전율이 이런 감정을 만들어내는 법이다.

그는 자신도 모르게 중얼거렸다. 그래, 지금은 무엇인가 생각하거나 무엇인가 원하지 말자. 갈구하지도 말고 이렇게 머물러 있자. 낯선 물결이 이끄는 대로 꿈결 따라 모호한 곳이라도 이끌려 가자. 나 자신을 어루만지지는 않을지라도 나 자신을 느끼고, 나 자신에게 요구하자. 목적에 도달하지 않을지라도, 운명에 완전히 맡기고 다시 자신에게 충실해지자. 이렇게 오랫동안 머물러 있자. 아니, 꿈결에 둘러싸인 채이 지속적인 여명 속에 영원히 머물러 있자. 그리고 말 없는 불안처럼 이런 순간도 곧 끝날 수 있으리라.

이때 창밖의 계곡 여기저기서 반딧불처럼 깜박이던 전깃불이 점점 더 환해지기 시작했다. 이어 가로등이 2열 종대로 곧게 늘어선 것이 보였다. 선로가 덜커덩 소리를 냈고, 어둠 속으로부터 뿌연 안개에 싸인 둥근 지붕이 불룩 솟아 나왔다.

"하이델베르크로군." 세 명의 신사 중 한 사람이 자리에서 일어서며 다른 사람들에게 말했다. 그들은 먼저 내리기 위해 커다란 트렁크를 들고서 객실을 빠져나가 승강구 쪽으로 향했다. 이미 브레이크가 작동된 기차 바퀴들이 덜커덩거리며 역으로 들어갔다. 기차는 크게 요동치며 속력을 급히 줄였고, 고통스러운 짐승처럼 한 번 더 비명을 지르고는 정차했다. 순간, 단둘이 좌석에 앉아 있던 두 사람은 마치 갑작스러운 현실에 경악한 듯 마주 보았다.

"벌써 도착했나요?" 얼핏 들려오는 그녀의 목소리가 불안해 보였다.

"도착했습니다." 그가 대답하고는 일어섰다. 그러면서 "도와드릴까요?"라고 물으며 손을 내밀었다. 그녀는 괜찮다며 서둘러 객실을 빠져나갔다. 그러나 승강장 계단에 가서는, 마치 차가운 물에 발을 담그지 못하고 잠시 머뭇거리듯 또 한 번 걸음을 멈추었다. 그러다가 마음을 가다듬은 듯 계단을 내려갔고, 그도 아무 말 없이 그녀를 따라 내렸다. 두 사람은 승강장에 잠시 나란히 서 있었다. 그는 이 순간 난처하면서도 낯설고 고통스러운 느낌이 들었고, 그러자 그의 손에 들린 작은 트렁크가 무겁게 흔들렸다. 이때 돌연 그들 곁에 있던 기차가 날카로운 소리를 내며 증기를 뿜어냈다. 이에 놀란 그녀가 몸을 움츠렸고, 이어서 창백한 얼굴로 그를 바라보았다. 그녀의 두 눈은 혼란스럽고 불안정해 보였다.

"왜 그러시죠?" 그가 물었다.

"애석하네요, 참 멋졌는데. 그렇게 몇 시간이고 계속 기차를 타고 싶었거든요."

그는 아무 말도 하지 않았다. 이 순간 그 역시 같은 생각을 하고 있었기에. 그러나 이미 지나간 일이었다. 이제 어떤 일이든 일어나야 했다.

"가시겠습니까?" 그가 조심스럽게 물었다.

"네, 가시죠." 그녀는 거의 알아들을 수 없을 만큼 작게 중얼거렸다. 그러나 두 사람은 마음속에서 뭔가가 무너지기라도 한 것처럼 힘없이 그대로 서 있었다. 이윽고 그들은 머뭇거리다가 혼란스러운 마음으로(그는 그녀의 팔을 잡아주는 것도 깜빡 잊었다) 출구 쪽을 향했다.

그들이 역 입구를 나서자마자 밴드의 연주 소리가 폭풍처럼 두 사람을 향해 들려왔다. 그들의 눈앞에 전우회와 대학생들의 구국 집회가 벌어지고 있었다. 쿵쿵 북소리와 날카로운 호각 소리가 요란하게 울려 퍼졌다. 마치 움직이는 벽처럼, 깃발을 치켜든 채 4열 종대로 행진하는 무리가 눈에 들어왔다. 군복을 입은 남자들이 대열을 이루어 씩씩하게 걸었다. 그들은 마치 한 사람처럼 똑같은 박자로 행진하고 있었다. 맹렬한 기세로 목을 빳빳이 세우고, 입을 크게 벌려 군가를 부르며, 한목소리와 한 동작으로 나아가고 있었다. 첫 번째 대열에는 훈장을 단 장군들과 머리가 하얗게 센 고위직 관료들이 청년단의 호위를 받으며 걷고 있었다. 청년단은 거대한 깃발을 건장한 팔로 수직으로 세워 들고 있었다. 해골, 갈고리 십자 문양의 깃발과 옛 제국기가 바람에 펄럭이고 있었다. 가슴을 넓게 펴고 이마를 앞으로 내민 그들은 마치 당장이라도 적의 포대를 향해 진군이라도 할 것처럼 보였다.

군중은 일사불란하게 박자를 맞추고 집단 간 보폭을 유지하며, 기하학적으로 질서정연하게 진군했다. 신경이 곤두선 그들 모두가 근엄하면서도 위협적인 눈빛을 내뿜고 있었다. 이제 예비군과 청년, 대학생으로 구성된 새로운 대열이 높이 세워진 연단을 지나갔다. 그럴 때면 연단 쪽에서 타악기들이 끊임없이 리듬에 맞춰 ─ 대장간에 있는 모루에 강철을 놓고 두들겨 패듯이 ─ 강렬하게 북소리를 내었다. 군사적으로 팽팽한 긴장감이 군중을 휩쓸고 지나갔다. 좌측 대열에서 행진하던 사람들의 고개가 같은 의지와 같은 동작으로 연단을 향했다. 그러자 굳은 얼굴로 엄격하게 행진을 사열하던 사령관의 눈앞에서 마치 끈에 매달려 움직이듯 깃발이 펄럭이며 올라갔다.

턱수염 대신 솜털이 난 소년, 주름과 수염이 가득한 어른, 노동자, 대학생, 군인, 그들 모두가 지금 이 순간 한 사람처럼 보였다. 왜냐하면 거칠고 화가 난 듯 결연한 눈빛, 저항할 것처럼 치켜든 턱, 보이지 않는 칼자루를 쥐고 나타내는 전투태세 등 모든 것이 다 똑같았기 때문이다. 계속해서 쿵쿵 단조롭게 울리는 북소리가 이 대열과 저 대열을 선동하며 행진하는 사람들의 등을 꼿꼿이 세우고 눈을 부릅뜨게 하였다. 그들은 솜털 구름이 아름답게 떠다니는 하늘 아래 평화로운 장소에서 비밀스레 양성된 전쟁의 화신, 복수를 꿈꾸는 대장장이와 같았다.

"정말 미쳤어!" 퍼레이드 장면을 보고 깜짝 놀란 그가 망연자실하여 중얼거렸다. "단단히 미쳤어! 대체 뭘 하자는 거지? 한 번 더 싸우자는 것인가?" 전쟁이 그의 삶을 망가뜨리지 않았던가? 낯선 공포를 느끼며 그는 행진하는 젊은이들의 얼굴을 들여다보았다. 그는 이 4열 종대로 시커멓게 움직이는 집단, 마치 까만 상자에서 네모난 필름 테이프가 풀려 나오듯 좁은 길목을 걷는 무리를 바라보고 경악하지 않을 수 없었다. 그에게 포착된 얼굴은 하나같이 뼈에 사무칠 정도의 증오로 경직되어 있었다. 그들 모두가 마치 살상용 무기처럼 위협적이었다. 어째서 이런 위협적인 집단이 온화한

6월의 저녁을 소란으로 망쳐놓고, 안락한 꿈에 잠긴 도시를 뒤집어엎는단 말인가?

'뭘 하려는 거지, 뭘 하려고 저런단 말인가?' 이렇게 의혹을 품자 가슴이 답답했다. 방금까지도 세상이 환하고 청량하며 다정함과 사랑으로 가득 찼다고 느꼈었다. 그런데 선의와 신뢰의 음률이 흐르던 세상의 모든 것을 돌연 저 강철 같은 대열이 짓밟고 지나갔다. 무장한 수천의 목소리가 외침과 눈빛으로 동일하게 호흡하며 내뱉는 것은 증오, 증오, 증오였다!

그는 자신도 모르게 그녀의 팔을 잡았다. 그러면서 무엇인가 따뜻한 것, 사랑과 열정, 선의, 공감, 부드러운 위로의 감정 등을 느꼈다. 하지만 요란한 북소리가 들려오자 그의 내적인 평온은 완전히 깨어져 버렸다. 이제 그 모든 수천의 목소리들이 뭔지 모를 군가로 하나 되어 울려 퍼졌다. 박자에 맞추어 발을 구르자 대지가 크게 흔들리기 시작했다. 그와 동시에 수많은 인파가 갑자기 만세를 외쳤다. 대기가 폭발하는 것 같았다. 그의 마음속 다정하고 애틋한 어떤 감정이 시끄럽게 파고드는 저 강력한 굉음 때문에 와르르 무너지는 것 같았다.

이때 그녀가 그의 옆구리를 가볍게 치는 바람에 그는 깜짝 놀랐다. 그녀는 장갑을 낀 손가락으로 그의 손을 부드럽게 밀치며 너무 세게 팔을 잡지 말라고 주의를 주었다. 군중시위에 정신이 쏠렸던 그는 그제야 아무 말 없이 자신을 바라보고 있는 그녀에게 시선을 돌렸다. 그는 이곳을 떠나자며 가볍게 자신의 팔을 잡아끄는 그녀의 손길을 느꼈다.

"네, 알겠습니다." 그가 얼른 정신을 차리며 나직이 대답했다. 그런 다음 보이지 않는 무엇에 저항하듯 어깨를 으쓱하고는, 자신처럼 끝없는 군사 퍼레이드에 말없이 홀려 있는 군중을 헤치고 힘차게 앞으로 나아갔다. 그는 어디로 가야 할지 잘 몰랐지만, 어떻게든 이 발광하는 소란을 빠져나가려고 했다. 절구 빻듯이 쿵쿵 울리는 북소리가 그의 마음속에 간직된 부드럽고 꿈결 같은 모든 것을 짓밟는 이 장소를 벗어나야만 했다. 그저 여기를 벗어나 10년 만에 최초로 누군가의 감시나 방해도 받지 않고, 처마 밑 어둑한 곳에서 그녀의 숨결을 느끼고, 그녀의 눈을 들여다보며 단둘이 그 순간을 만끽하고 싶을 따름이었다.

하지만 수없이 꿈꾸며 반드시 이루려 했던 둘만의 순간이 외침과 발걸음 속에 계속 넘쳐나는 군중의 소용돌이에 휩쓸려 떠내려갈 지경이었다. 그는 주변의 건물을 신경질적으로 바라보았다. 모든 건물에 깃발이 나부꼈고 그중엔 금박 간판을 내건 회사가 있는가 하면 숙박업소도 있었다. 갑자기 그는 들고 있는 작은 트렁크가 권유라도 하는 듯한 가벼운 촉감을 느꼈다. 그래, 어디든지 들어가 단둘이 편안하게 쉬어야겠다! 잠시라도 평온을 찾을 만한 공간을 찾아보자! 이에 응답이라도 하듯, 높은 석조 건물 전면에 금빛으로 번쩍이는 호텔 간판이 눈에 들어왔다. 두 사람을 향하여 유리로 된 둥근 모양의 현관이 나타났다. 그의 보폭이 짧아지고 호흡도 가늘어졌다. 그는 거의 당황하여 멈춰 서면서 자신도 모르게 팔짱을 꼈던 그녀의 팔을 놓아주었다. 이어서 그가 말했다. "이 호텔이 괜찮다고 사람들이 제게 추천하더군요." 이렇게 그는 자신의 당황함을 얼버무렸다.

그녀는 놀란 기색으로 뒷걸음쳤다. 창백한 얼굴이 붉어졌고, 입술을 달싹이며 무엇인가 말하려고 했다. 어쩌면 10년 전과 똑같이 "여기서는 안 돼요!"라고 소리를 지르려던 것인지도 모른다.

그러나 이때 그녀는 자신을 바라보는 그의 눈동자를 들여다보았다. 그의 눈동자는 불안하고 혼란스러우면서도 초조한 빛을 띠고 있었다. 그녀는 말없이 동의한다는 표시로 고개를 숙이고, 가녀린 종종걸음으로 그를 따라 호텔 문턱을 넘었다.

호텔 프런트에는 여객선 선교에서 지휘하는 선장처럼 화려하게 수놓은 모자를 쓴 매니저가 접수대 뒤에서 거드름 피우며 서 있었다. 그는 머뭇거리며 들어오는 두 사람을 제자리에서 힐끔거리기만 할 뿐 알은체하지 않았다. 세면도구가 들어 있는 작은 트렁크를 금방 알아보고도 그저 기다렸던 것이다. 두 사람이 다가가자, 그는 갑자기 커다란 장부를 다시 펼쳐 들고는 그 일에 열중하는 체했다. 손님이 그의 코앞에 다가온 다음에야 그는 싸늘한 시선을 들고 심문이라도 하는 것처럼 사무적인 태도로 물었다.

"두 분은 방을 예약하셨습니까?" 무슨 죄라도 지은 듯이 그렇지 않다고 대답하는 그에게 매니저는 다시 장부를 들여다보면서 말했다. "어떻게 하지요, 방이 다 찼습니다. 오늘 군기 수여식을 치렀거든요. 하지만……." 이어서 호텔 매니

저는 호의라도 베풀 듯이 이렇게 덧붙였다. "어떻게 할 수 있을지 한번 알아보죠."

이런 답변에 마음이 상한 그는 속으로 격분했다. '이 막돼먹은 놈, 면상을 한 대 갈겨 줄까 보다. 10년 만에 다시 여기서 거지나 침입자 취급을 받아야 한다니.' 그러고는 한숨을 쉬었다.

거만한 매니저는 그사이 꼼꼼히 객실 장부를 훑은 뒤 말했다. "27호실이 방금 비었습니다. 그 방은 더블베드입니다만, 괜찮으시죠?" 이에 대해 그는 볼멘소리로 얼른 "그렇소!"라고 말하며 떨리는 손으로 열쇠를 건네받았다. 그는 이미 매니저와 말하는 것조차 싫었다.

그런데 돌아서는 그의 등 뒤에서 또 한 번 매니저의 냉랭한 목소리가 들려왔다. "숙박부를 쓰셔야죠." 그는 채워 넣어야 할 칸이 열 개 남짓한 종이를 받았다. 직책, 성명, 나이, 출생, 주소, 고향, 인적 사항 등 꽤 귀찮은 질문이 적혀 있었다. 그는 성가신 질문들을 재빨리 해치웠지만, 그녀의 이름을 적을 때엔 마치 부부인 것처럼 거짓으로(실은 마음속 깊은 곳에서 바라던 일이었으나) 그의 성을 써넣었다. 그가 쥔 연필이 살짝 떨렸다.

"여기 숙박할 기간도 쓰십시오." 그가 건넨 종이를 살피던 매니저가 두툼한 손가락으로 빈칸을 가리키며 냉랭하게 말했다. 화가 치밀어 오르는 걸 참으며 그는 하루라고 적었다. 흥분한 탓인지 그는 이마에 땀이 밴 것을 느꼈다. 모자를 벗어 들자 낯선 공기가 그를 짓누르는 것 같았다.

그가 지친 상태에서 옆으로 몸을 돌렸을 때, 호텔 보이가 급히 달려와 방의 위치를 알려주었다. "좌측 2층입니다." 하지만 그는 그 말을 흘려들으며 그녀의 동태만을 살펴보았다. 그가 숙박 절차를 마무리하는 동안 그녀는 어느 무명 여가수가 출연하는 〈슈베르트의 밤〉 홍보 벽보 앞에서 미동도 하지 않고 서 있었다. 풀밭을 지나가는 바람처럼 잔잔한 파동이 그녀의 어깨를 타고 흘렀다. 그는 그녀가 흥분을 가라앉히려고 애쓴다는 것을 알아차리고는 부끄러움을 느꼈다. 무엇 때문에 나는 조용히 살아가는 그녀를 끌어내어 이곳으로 데려왔을까? 그는 자신의 의지와는 상반되게 이런 물음을 자신에게 던져보았다. 그러나 이제 와서 물러설 수는 없었다. "가시죠." 그가 나직이 재촉했다. 그녀는 그의 얼굴을 보지도 않고 낯선 벽보로부터 물러나 천천히 힘겹고 무거운 발걸음으로 먼저 계단을 올라갔다. 그는 힘겨워하는 그녀의 뒷모습을 보면서 자신도 모르게 생각했다. '부인도 이젠 나이가 들었어.' 그는 잠시 이런 생각에 빠졌지만, 곧 불경한 생각을 머릿속에서 떨쳐버렸다. 하지만 억지로 떨쳐낸 자리엔 싸늘하고 서글픈 감정이 남아 있었다.

마침내 두 사람은 2층 복도에 한동안 서 있었다. 이 2분간의 침묵은 영원처럼 길게 느껴졌다. 복도에 열린 문은 하나였고, 그곳이 그들이 숙박할 방이었다. 여자 청소부가 걸레와 빗자루로 방 안을 청소하고 있었다. "잠깐만요, 곧 청소를 마치겠습니다." 청소부가 말했다. "청소는 다 되었고, 깨끗한 시트만 가져오면 됩니다. 그러니 들어오셔도 됩니다."

그들은 방으로 들어갔다. 밀폐된 방 안의 공기는 답답하고 불쾌했다. 올리브 비누 냄새와 찌든 담배 냄새가 났으며, 낯선 이들의 형체 없는 흔적이 어딘가 모르게 배어 있었다.

침대 한가운데가 움푹 파인 더블베드에는 불결하게도 사람의 온기가 아직 남아 있었고, 그것이 이 방의 적나라한 의미와 의도를 드러내고 있었다. 그는 이를 분명하게 알아차리고 메스꺼움을 느꼈고 자신도 모르게 창가로 급히 다가가 창문을 활짝 열었다. 거리의 소음과 뒤섞여 부풀어 오른 촉촉하고 부드러운 공기가 커튼을 뒤로 쳐질 정도로 흔들며 지나갔다. 그는 긴장한 채 창가에 서서 어둠에 묻히기 시작하는 지붕들을 바라보았다. 이 방은 얼마나 불결하고 또 이곳에 있다는 것은 얼마나 창피한가. 수년 동안 갈망하던 이 재회는 얼마나 실망스러운가! 나 자신이나 그녀나 이렇게 갑자기 염치없이 노골적인 재회를 원했던 것은 아니지 않은가!

그는 세 번, 네 번, 다섯 번, 수를 세며 숨을 쉬었다. 그러면서 밖을 내다볼 뿐이었다. 소심하게도 그는 뭐라고 말을 하지 못했다. 아니, 그것조차 되지 않아서 억지로라도 한마디하려고 애썼다. 그가 예감하고 두려워했던 것처럼, 그녀는 회색빛 여름용 외투를 걸치고 목석처럼 방 한가운데에 우두커니 서 있었다. 그녀의 팔은 마치 부러진 듯 아래로 힘없이처져 있었다. 그녀 자신은 이 방에 속하지 않고, 다만 엄청난 우연으로 전혀 뜻하지 않게 이 거북한 방에 들어오게 된 사람이라는 듯이. 그녀는 장갑을 벗었다. 그러나 장갑을 방 어딘가에 놓는다는 것이 정말 역겨웠던 것 같았다. 이 때문에 장갑은 완전히 벗겨지지 않은 채 손가락 끝에서 흔들리고 있었다. 그녀의 두 눈은 흐릿한 안개에 가려진 듯 경직된 채 꼼짝도 하지 않았다. 그가 그녀 쪽으로 몸을 돌렸다. 그녀의 두 눈은 간절히 애원하듯 그를 바라보았다.

그는 이런 그녀의 눈빛이 무슨 뜻인지 알아차렸다. "그래요, 우리……." 가쁜 숨소리 사이로 목소리가 간신히 새어 나왔다. "우리 산책하지 않을래요? 이곳이 너무 답답하군요."

"네, 좋아요." 불안에서 해방이라도 된 듯이 그녀의 입에서 대답이 흘러나왔다. 그녀의 손은 이미 문고리를 쥐고 있었다. 그는 그녀의 뒤를 따라가면서 뒷모습을 살펴보았다. 그녀는 죽음의 손아귀에서 간신히 빠져나온 동물처럼 어깨를 떨고 있었다.

거리는 여전히 따뜻했고 사람들로 붐비었다. 행진이 끝난 후의 축제 같은 분위기에 아직도 많은 사람이 흥분한 채 오가고 있었다. 두 사람은 인파를 피해 숲이 우거진 조용한 오솔길로 접어들었다. 그 길은 10년 전 어느 일요일, 성으로 산책하기 위해 올라갔던 바로 그 길이었다. "기억나세요? 그때가 일요일이었죠." 그는 자신도 모르게 큰 소리로 말했고, 분명히 같은 기억에 빠져 있던 그녀도 작은 소리로 대답했다. "당신과 관련된 것은 어떤 것도 잊지 않았어요. 오토는 학교 친구와 함께 걷고 있다가, 맹렬한 속도로 우리를 앞질러 가버렸지요. 숲에서 그 아이들을 찾지 못할 뻔했고요. 나는 오토를 찾으려고 그 애 이름을 부르면서도 아이가 금방 돌아오지 않으면 좋겠다고 생각했어요. 당신과 나, 둘만 있고 싶어서요. 그때만 해도 우리는 서먹한 사이였지요."

"그렇다면 오늘 우리는 가까운 사이겠군요?" 그가 넌지시 농담을 던지려고 했다. 하지만 그녀는 아무 말도 없었다. 그는 어렴풋하게나마 이런 농담을 해서는 안 된다는 걸 깨달았다. 그러면서 혼잣말로 중얼거렸다. '나는 왜 이렇게 오늘과 그때를 비교하려는 것일까? 지나간 그때 일을 들먹여 봐야 그녀에겐 닿지도 않는데.'

둘은 말없이 언덕길을 올라갔다. 벌써 그들 아래 보이는 집들이 희미한 빛 속에 잠겨버렸고, 황혼의 빛을 받아 가물거리는 계곡의 출렁이는 강물은 둥글게 휘어져 흐르며 점점 더 밝아졌다. 그러는 사이 언덕 위 나무들이 바람에 흔들리며 윙윙 소리를 냈다. 두 사람 머리 위로 어둠이 가라앉기 시작했다. 그들과 마주치는 사람은 아무도 없었고, 그림자만이 말없이 그들을 성큼성큼 앞서 나갔다. 가로등이 그들을 비스듬히 비출 때면 언제나 앞서가던 그림자는 마치 서로 포옹이라도 하듯이 합쳐졌다. 길어진 그림자는 서로를 바라보고, 하나로 합쳐졌다가 떨어지고는 또다시 포옹하려 했다. 한편 그 옆에 선 그녀는 힘없이 긴 숨을 내쉬며 터벅터벅 걸어갔다.

그는 넋이라도 나간 것처럼 그림자의 기이한 유희를 멍하니 바라보았다. 영혼 없는 형상들, 그들의 흔적에 불과한 어두운 육체들이 달아났다가 만나고 다시 헤어지는 모습이 그를 사로잡았다. 이별과 해후를 반복하는 이 생명 없는 형상들의 모습을 병적인 호기심을 갖고 바라보던 그는 하마터면 함께 걷고 있는 그녀의 존재를 까맣게 잊을 뻔했다.

이때 명료하진 않지만, 그는 어렴풋이 어떤 것을 느꼈다. 이 수줍은 듯한 그림자의 유희가 그에게 무엇인가를 상기시켰던 것이다. 깊은 우물 속 흔들리는 두레박이 위협하듯 물결에 닿은 것처럼, 한 생각이 그의 내면 깊은 곳에서 떠올랐다. 이것이 무엇일까? 그는 모든 감각을 곤두세우며 여기 조용히 잠든 숲속에서 이 그림자의 발걸음이 그에게 무엇을 일깨웠는지를 곰곰이 생각했다. 그것은 틀림없이 그에게 들려오는 말, 어떤 상황, 어떤 체험, 언젠가 들었거나 느꼈던 것, 어떤 멜로디에 둘러싸여 아주 깊이 파묻혀 있던 것이었다. 그리고 수년 동안 그가 만져보지 못했던 어떤 것이었다.

그런데 돌연 그것이 번개처럼 망각의 어둠을 뚫고서 솟구쳐 나왔다. 아, 그것은 언젠가 그녀가 저녁때 방에서 읽어주었던 시였다. 그렇다! 그것은 프랑스어로 된 시였다. 그는 그 시의 구절들을 알고 있었다. 마치 훈풍에 실려 온 것처럼, 불현듯 시구절이 그의 입술에 다다랐다. 동시에 그는 10여 년이 흐른 탓에 그간 잊고 지냈던 낯선 시구절을 읽어주는 그녀의 목소리를 들었다. 그는 시구절을 읊조렸다.

Dans le vieux parc solitaire et glacé
Deux Spectres cherchent le passé

외롭고 추운 오래된 공원에서
두 유령이 과거를 좇고 있구나

이 시구가 기억 속에서 뚜렷해지자 곧 하나의 형상이 마술처럼 순식간에 펼쳐졌다. 어느 날 저녁 어두컴컴한 응접실, 금빛으로 빛나는 램프 아래 그녀가 베를렌의 시를 낭송해 주고 있었다. 그는 일렁이는 램프 그림자 아래 앉아 있던 그녀의 모습을 바라보고 있었다. 그녀는 가까운 동시에 멀고, 사랑하지만 다가갈 수 없었던 여인이었다. 이런 장면이 떠오르자 그는 갑자기 당시처럼 흥분으로 가슴이 뛰는 것을 느꼈다. 시구가 파도 소리처럼 울려 퍼졌고 그녀의 목소리가 귓가에 은은하게 들려오는 것 같았다. 그녀가 '동경'과 '사랑'을(물론 그 시는 외국어였고 그 단어는 시인의 상대방을 위한 것이었을 테지만) 말하는 것과 그 말을 그녀의 목소리로 듣는 것은 여전히 그의 마음을 사로잡았다.

어떻게 이 시를 그토록 오랫동안 잊을 수 있었을까! 집에 둘만 있으면 마음이 싱숭생숭해져, 되도록 위험에 빠질 수 있는 대화는 피하던, 그래서 차라리 교감할 수 있는 시집 이야기로 화제를 돌리던 그날 저녁을 어떻게 잊을 수 있었단 말인가! 그들이 시집에 관해 이야기할 때면 이따금 언어와 음률의 뒤에 깃들어 있는 더 내적인 감정의 고백이 어두운 숲속의 빛처럼 명료하게 떠올랐다. 비록 현실은 아니라고 해도 신비롭게 번뜩인 그 감정은 그를 황홀감에 젖게 했었다.

어떻게 그토록 오랫동안 그것을 잊을 수가 있었단 말인가? 그리고 어떻게 오래전에 잊어버린 시가 갑자기 되살아난 것일까? 그는 자신도 모르게 이렇게 중얼거리며 프랑스로 이루어진 시구를 독일어로 번역했다.

얼어붙고 눈 내린 옛 공원에서
두 그림자가 과거의 흔적을 찾고 있구나

이렇게 독일어로 중얼거리자마자, 그는 곧 시의 의미를 제대로 이해했다. 오래전부터 이미 시를 이해하는 열쇠가 그의 손안에서 무겁게 번쩍이고 있었던 것이다. 그것은 잠 자고 있던 기억의 동굴로부터 갑자기 날카롭게 솟아오른, 감각적으로 선명한 연상이었다.

저 그림자는 길 위에 늘어뜨린 그들의 그림자였다. 그것은 그들만의 고유한 말을 다루면서 그 이상의 뭔가를 일깨워 주고 있었다. 그는 갑자기 몸을 떨면서 그 인식의 두렵고 참된 뜻을 깨달았다. 시는 예언적 의미를 담고 있었다. 두 그림자는 과거를 찾아 헤매던 그림자가 아니었을까? 더는 현실이 아닌 과거를 향해 애매모호한 질문을 던지던 그림자, 살아남으려고 하지만 더는 그럴 수 없는 그림자가 아니었을까? 그녀와 그는 이제 더 이상 예전의 그들이 아니었지만, 끊임없이 과거의 흔적을 찾으려고 애썼던 것은 아니었을까? 발아래 드리워진 저 검은 유령처럼 그들은 헛된 노력에 힘을 탕진하며, 달아나고 멈추는 유희를 계속한 것은 아니었을까?

그가 무의식적으로 신음을 흘렸다. 왜냐하면 그녀가 그를 향해 몸을 돌리며 말을 건넸기 때문이다. "루트비히, 무슨 일이죠? 무슨 생각을 하고 있어요?"

하지만 그는 아무것도 아니라고 대답했다. 그러고는 더

깊은 내면으로 내려가 과거를 향해 귀를 기울였다. 기억이
라는 예언의 목소리가 재차 그에게 말을 건네려고 하는지,
과거를 통해 그에게 현재의 진실을 들려줄 것인지에 귀 기
울였다.

어느 여인의 삶에서 24시간

Vierundzwanzig Stunden aus dem Leben einer Frau

전쟁이 일어나기 10년 전 일이다. 나는 당시 지중해 연안의 휴양지 리비에라의 작은 펜션에 묵었는데 한번은 테이블을 마주하고 앉은 사람들 사이에서 치열한 토론이 벌어졌다. 토론은 예기치 않게 격렬한 다툼, 심지어는 악의에 찬 비방으로까지 번질 기세였다. 이럴 때면 대다수 사람들은 엉뚱한 환상에 사로잡힌다. 물론 사람들을 직접 건드리거나, 그들의 감각에 날카로운 쐐기를 박지 않고는, 다툼이 크게 벌어지는 경우는 별로 없다. 하지만 아주 소소한 일이라도 누군가가 바로 코앞에서 감정을 직접 건드린다면, 그들의 안에서 즉시 흥분이 일기 시작한다. 그러면 그들은 다소 무관심했던 태도에서 부적절하고 과도한 감정 상태로 돌변하기 마련이다.

　평소 우린 조용히 여담이나 자잘한 농담을 나누며 흥겨운 식사를 마치고는 뿔뿔이 흩어졌다. 이처럼 철저히 소시민적이었던 우리의 오찬 모임에서 기이한 일이 벌어진 것이다. 여느 때라면 독일인 부부는 취미인 사진 작업을 위해 야외로 나갔을 것이고, 뚱뚱한 덴마크인은 지루하게 낚싯대를 잡고 있었을 것이다. 고상한 영국인 부인은 숙소에서 책을 읽고 있었을 것이며, 이탈리아인 부부는 도박을 즐기러 몬테카를로로 향했을 것이다. 나는 정원에 놓인 의자에 앉아 빈둥거리거나 일을 하고 있었을 터였다. 그러나 이번에는 우리 모두가 치열하게 논쟁하며 다툼에 휘말려 들었다. 우리 중 한 명이 갑자기 분노했고, 우린 여느 때처럼 정중하게 작별 인사를 하며 헤어지는 대신 서로 버럭 화를 내기 시작했다.

우리의 식탁 모임을 옥죄었던 사건은 아주 이상야릇한 일이었다. 우리들 일곱 명이 거주하던 펜션은 따로 분리된 빌라로서 창이 바깥을 향해 있었다. 가파른 절벽 아래쪽 해변을 바라볼 수 있는 창가 쪽 전망은 참으로 아름다웠다. 펜션은 거대한 팔레스 호텔과 정원으로 연결된 부속 건물로서 비교적 저렴한 편이었다. 이렇게 우리는 이웃이자 호텔 손님의 관계로 살아가고 있었다. 이곳에서 그 전날 한 스캔들이 발생했고, 이로 인해 호텔이 발칵 뒤집히게 된 것이다.

전날 12시 20분 어느 프랑스 청년이 기차를 타고 이곳에 도착해서는, 바다가 보이는 해변 쪽의 방을 얻었다. 이와 관련하여 나는 시간을 상세히 묘사하지 않을 수 없다. 왜냐하면 시간이 이 흥분을 일으키는 일화의 한 요소로서 매우 중요하기 때문이다. 그 프랑스 청년이 바다가 보이는 해변 쪽 방을 얻었다는 사실은 그가 어느 정도 유복하다는 것을 암시한다. 그러나 이 젊은이에게 유독 호감이 갔던 것은 그에게서 풍기는 고상한 분위기뿐만이 아니라 무엇보다 유별나게 잘생긴 그의 모습과 잘 공감하는 능력 때문이었다. 소녀처럼 작은 얼굴 위, 감각적으로 따뜻해 보이는 입술이 부드러운 황금빛 콧수염에 살짝 가려져 있었다. 하얀 이마 위로는 연한 갈색 고수머리가 나부끼고, 부드러운 두 눈은 언제나 사람들의 시선을 감싸 안았다.

실로 이 청년의 일거수일투족은 본질적으로 부드럽고 유연하며 사랑스러웠다. 그렇지만 이런 태도에서 조금이라도 인위적이거나 가식적인 면은 찾아볼 수 없었다. 물론 멀찍이 떨어져서 보면, 약간은 거대한 유행용품 상점의 진열장

속 밀랍 인형을 떠올리게 하는 것도 사실이었다. 장식용 막대를 들고 남성미의 이상을 표현하며 공허하게 서 있는 그런 밀랍 인형 말이다. 하지만 조금만 자세히 살펴보면 과시하는 듯한 모든 인상이 말끔히 사라졌다. 그의 사랑스러움은 (정말 드물게도!) 몸에 밴 것처럼 자연스럽게 보였기 때문이다.

그는 만나는 누구에게나 겸손하면서도 진심 어린 태도로 인사했다. 이렇게 항상 사교적인 그의 우아함이 매번 어떻게 나타나는지를 살펴보는 것은 아주 기분 좋은 일이었다. 그는 어떤 숙녀가 외투 보관실로 가려고 하면, 곧장 따라가 외투를 받아 들었다. 또한 어떤 아이에게나 친절한 눈빛과 농담을 던질 정도로 상냥한 동시에 배려하는 태도를 보였다. 한마디로 표현하면 그는 밝은 얼굴과 젊음의 매력을 통하여 세련되게 다른 사람들을 기분 좋게 만들고는, 여기서 가지게 된 안정성을 새롭게 기품으로 바꾸는 축복받은 사람들 가운데 하나로 보였다. 호텔에 찾아온 대다수 노약자들에게 그는 선행을 베푸는 사람으로 통했다. 여러 사람에게 멋지게 우아함을 선사하는 젊음의 호쾌한 발걸음, 폭풍처럼 경쾌하면서도 싱그러운 생명력으로 그는 모든 사람의 호감을 받았다.

이곳에 도착한 지 두 시간 만에 이미 그는 벌써 체격이 크고 뚱뚱한 리옹 출신 공장주의 두 딸과 테니스를 쳤다. 두 딸 중 하나는 12살의 아네트이고, 다른 하나는 13살의 블랑슈였다. 두 아이의 어머니는 예쁘고 상냥하면서도 아주 내성적인 앙리에트 부인이었다. 테니스를 치는 동안 부인은 아직 미성숙한 두 딸이 이 낯선 젊은이와 철없이 농담하면서 시시덕거리는 모습을 미소를 띠고 바라보았다. 저녁때 그는 한 시간 동안 우리의 체스를 구경하면서 기회가 있을 때마다 조용히 흥미로운 몇 가지 일화를 이야기했다. 그러다가 앙리에트 부인의 남편이 평소처럼 사업상의 친구와 도미노 게임을 하는 동안, 그는 부인과 함께 테라스로 나가 한가롭게 이리저리 거닐었다.

이후 나는 저녁 늦게 이 젊은 친구가 호텔의 여비서와 사무실의 어둑어둑한 곳에서 의심스러울 만큼 비밀스럽게 대화를 나누는 것을 목격했다. 그는 다음 날 아침에는 덴마크 출신인 나의 체스 파트너를 데리고 낚시하러 갔는데, 거기서 그는 놀랄 만큼 해박한 지식을 드러냈다. 이어서 그는 리옹에서 온 공장주와 오랫동안 정치에 관해 담소를 나누었으며, 이때 그가 얼마나 언변이 좋은지가 밝혀졌다. 뚱뚱한 공장주의 큰 웃음소리가 파도 소리처럼 크게 들려오곤 했기 때문이다.

식사 후에—이렇게 내가 시간별로 이 모든 국면을 보고하는 것이 상황을 이해하는 데 필수적이다—그는 다시 앙리에트 부인과 정원에서 한 시간 동안 블랙커피를 마시며 벤치에 앉아 있었다. 그는 다시 앙리에트 부인의 딸들과 테니스를 친 후, 홀에서 독일인 부부와 대화를 나누었다. 이후 6시에 나는 편지를 부치러 밖에 나간 길에 역에 있는 그를 만났다. 그는 내게 다가와서는 사과라도 하듯, 급히 오라는 전갈을 받아서 떠나게 되었으며 이틀 후에 돌아올 거라고 말했다. 저녁때 그는 정말 식당에 없었다. 하지만 모든 식탁마다 사람들은 이 젊은이를 거론하며 그의 쾌활하고 명랑한 생활 방식에 대해 칭찬했다.

그런데 이날 밤 11시쯤이었을 것이다. 나는 책을 마저 다 읽으려고 방에 앉아 있었다. 이때 돌연 열린 창을 통하여 시끄럽게 외치고 부르는 소리가 뜨락에서 들려왔다. 호텔 쪽에서 왁자지껄한 사람들의 모습이 눈에 들어왔다. 나는 호기심보다는 불안한 마음으로 즉시 그쪽으로 쉰 걸음쯤 걸어갔다. 그곳에선 손님들과 호텔 직원들이 뒤섞여 아우성치고 있었다. 앙리에트 부인의 남편이 평소와 같은 시간에 나뮈르에서 온 친구와 도미노 게임을 하는 동안, 저녁마다 바닷가를 산책하던 부인이 돌아오지 않은 것이었다. 모두 무슨 사고라도 난 것이 아닐까 하고 걱정했다. 보통 때는 느려터진 뚱보 남편이 황소처럼 씩씩거리며 바닷가로 수차례나 달려갔다. 그는 흥분하여 뒤틀린 목소리로 밤하늘을 향하여 "앙리에트! 앙리에트!"라고 소리쳐 불렀다. 이런 그의 외침은 거대한 짐승이 숨이 끊어지기 직전에 단말마적으로 지르는 무시무시한 원시의 소리와도 같았다.

호텔의 급사들과 사환들이 부리나케 계단을 오르내렸고, 잠들어 있던 손님들도 모두 깨어났다. 결국 이 사건은 지역 경찰서에 신고되었다. 하지만 이런 와중에도 뚱보 남편은 조끼를 풀어 헤친 채 계속해서 몸을 비틀거리고 발을 동동 굴렀다. 그러다가 넋을 잃은 것처럼 밤하늘을 향해 "앙리에트! 앙리에트!"라고 외치고는 흐느껴 울었다. 이 사이에 위층에 있던 두 딸도 깨어나서는, 잠옷을 입은 채 창가에서 아래를 내려다보며 어머니를 불렀다. 아버지는 이 아이들을 진정시키려고 다시 위층으로 서둘러 올라갔다.

그러고는 다시는 이야기할 수 없을 만큼 아주 끔찍한 일이 일어났다. 그렇다, 끔찍한 일이라고 말할 수 있을 것이다! 왜냐면 극도로 긴장하고 있는 본성이 극단적인 순간을 맞이하면, 인간의 태도는 종종 엄청나게 비극적인 표현을 보여주기 마련이며, 어떤 그림이나 언어도 그것을 순간적으로 강렬하게 재현할 수는 없기 때문이다. 갑자기 건장하고 뚱뚱한 사내가 완전히 피곤하고 분개한 얼굴을 하고는 삐걱거리는 계단을 내려왔다. 그의 손에는 한 통의 편지가 들려 있었다. 그는 간신히 알아들을 수 있는 목소리로 호텔 지배인에게 말했다. "모두 돌아오라고 하세요! 모든 사람 다! 그래봐야 소용없어요. 내 처는 나를 두고 떠났습니다."

그를 둘러싼 사람들 앞에서 치명적인 상처를 받은 이 사내의 자세는 의외로 초인처럼 냉정했다. 사람들은 호기심 어린 태도로 그를 지켜보다가, 갑자기 놀라는 표정을 짓거나 민망해하며 혼란스러워져서는 그에게서 얼굴을 돌렸다. 아직 움직일 힘이 남았는지, 그는 아무도 쳐다보지 않은 채 우리 곁을 비틀거리며 지나갔다. 이어서 서재로 들어가 등불을 껐다. 그의 무겁고 육중한 신체가 안락의자에 둔중한 소리를 내며 쓰러지는 소리가 들려왔다. 그런 다음 결코 울어본 적이라고는 없는 사내만이 낼 수 있는 거칠고 야수와 같은 흐느낌이 들려왔다. 이 원초적인 고통이 우리 모두를 마비시키는 것만 같았다. 급사 중 누구도, 호기심에 끼어든 투숙객 중 어느 누구도 웃지 못했다. 유감의 말조차 건네지 못했다. 우리는 이 엄청난 감정의 폭발이 부끄럽다는 듯이 각자 말없이 자기 방으로 슬그머니 돌아갔다. 오로지 흠씬 두들겨 맞은 그 만신창이 사내만이 어두운 방구석에서 홀로 외롭게 몸을 떨며 흐느껴 울고 있었다. 호텔에는 서서히 불이 꺼졌고, 여기저기서 오늘 일어난 끔찍한 일에 대해 귓속 말로 수군대고 중얼거렸다.

이처럼 바로 우리의 눈과 코앞에서 번개가 치듯이 순식간에 벌어진 사건은 어쩌면 지루하고 무료하게 시간을 보내는 사람들을 강렬하게 자극하는 데는 적절했는지도 모른다. 물론 이 놀라운 우발적 사건이 결국 우리 식탁에서의 토론, 너무 격렬해진 나머지 하마터면 주먹다짐으로까지 번질 뻔한 그 토론을 시작하게 한 것은 사실이다. 하지만 그 본질에는 원칙을 두고 다투는 논쟁이 숨어 있었다. 우리의 상반된 인생관이 강하게 대립한 것이다.

사실은 이러했다. 완전히 넋이 나간 뚱보 남편이 분노에 떨며 바닥에 내던진 편지를 읽게 된 하녀의 경솔함 때문에 우리 모두 앙리에트 부인이 혼자가 아니라 프랑스 청년과 눈이 맞아 달아났다는 사실을 알게 된 것이다. 이로 인해 청년에게 품었던 대다수의 호감이 급속히 사라지기 시작했다. 이 친애하는 보바리 부인이 촌뜨기 같은 뚱보 남편을 버리고 고상한 젊은이를 따라갔다는 것은 언뜻 봐선 충분히 이해되는 일이었다. 하지만 우리 모두를 그렇게 흥분시킨 것은 뚱보 공장주와 그의 두 딸, 그리고 앙리에트 부인조차도 전에는 이 바람둥이 청년을 본 적이 없었다는 사실이었다. 더구나 테라스에서 두 시간 동안 대화를 나누고 정원에서 한 시간 동안 블랙커피를 마시며 지낸 일이 정숙한 서른세

살 여성의 마음을 움직였다니. 하룻밤 사이 한 여인이 남편과 두 딸을 버리고 생면부지의 프랑스 청년을 무작정 따라간 사건은 정말 충격적이지 않을 수 없었다.

이렇게 명백해 보이는 사건을 두고 우리 식탁에 모여 앉은 사람들은 매우 분개했다. 그들은 이 사건이 애정 행각을 벌인 남녀가 음흉하게 주변을 속이고 간교하게 술책을 부린 것이라 생각했다. 그들의 주장은 다음과 같았다. 즉 앙리에트 부인은 오래전부터 청년과 비밀스러운 관계를 맺어온 게 분명하고, 그 바람둥이 녀석은 도피를 위한 최종적 세부 사항을 결정하려고 이곳에 왔으리라는 것이다. 그들이 봤을 때 정숙한 부인이 알게 된 지 불과 세 시간 된 청년의 휘파람 소리를 듣자마자 단번에 그를 따라간다는 것은 있을 수 없는 일이었다. 이에 대해 나는 다른 견해를 제기하고 싶었다. 나는 수년 동안 실망스럽고 지루한 결혼 생활을 경험한 여자의 경우 그 마음속에서 격렬한 반응이 나타날 수 있을 뿐만 아니라 심지어는 그런 성향도 농후하다고 강하게 반박했다. 내가 예기치 않은 반론을 제기하는 바람에 토론은 갑자기 열기를 띠기 시작했다. 특히 독일인 부부와 이탈리아인 부부는 첫눈에 홀딱 빠진다는 것은 어리석기 짝이 없는 소리며 황당무계한 소설가의 환상이라고, 모욕적이며 경멸적인 말투로 나를 공격해 왔다.

식탁에서 벌어진 격렬한 논쟁의 상세한 과정을 굳이 여기서 되풀이할 필요는 없을 것이다. 식탁에 모여 자주 토론하는 전문가들은 노련할 수 있다. 하지만 우연히 식탁에서 다툼을 시작하는 사람들의 논쟁은 대체로 진부하기 마련이다.

왜냐하면 그들은 성급하게 자신의 견해를 내뱉곤 하기 때문이다. 어떻게 우리의 토론이 이런 식으로 상호 비방하는 형태가 되었는지는 설명하기 어렵다. 내 생각에 대화가 갑자기 뜨거워지기 시작한 것은 참석자 가운데 두 남자가 자기 아내들은 이런 천박하고 위험한 짓을 할 리가 없다고 믿고 싶었기 때문인 것 같다. 유감스럽게도 그들은 내 주장을 일축했다. 그들은 우연히 손쉽게 여자를 정복한 총각이나 가질 법한 시각으로 여자를 판단하는 사람만이 나처럼 말할 거라고 반박했다.

이 말에 나는 상당히 불쾌해졌다. 게다가 독일인 부인도 남자들의 주장을 거들었다. 그녀는 한편으로는 여자다운 여자가 있지만 다른 한편으로는 매춘부들이 있을 수 있는데, 자기가 볼 때 앙리에트 부인은 분명히 후자의 부류에 속할 것이라며 나를 훈계하려 들었다. 이런 식의 아전인수 격 발언에 나의 인내심은 완전히 무너져 버렸다. 나는 즉시 공격적인 태도로 반격에 나섰다. 나는 여러분이 그렇게 주장한다면 여자가 한동안 살아오면서 자신의 의지나 지식과는 상관없이 신비로운 힘에 사로잡히기도 한다는 명백한 사실을 거부하는 것이라고 말했다. 나아가 그런 여자는 자신의 본능, 인간의 천성에 내재한 악마적 요소에 대한 두려움을 감추고 있는데, 많은 사람들은 '쉽게 유혹당하는 사람들'보다 자신이 더 강하고 도덕적이며 순결하다고 느끼면서 만족하는 것 같다고 덧붙였다. 개인적으로 나는 남편의 품에 안긴 채 눈을 질끈 감고 남편을 속이는 그런 여자보다는 열정적으로 본능에 충실한 여자가 더 정직할 수도 있다고 주장했다.

대체로 나는 이런 식으로 말했고, 대화가 팽팽히 긴장될수록, 그들이 가련한 앙리에트 부인을 거세게 공격하면 할수록 나는 그만큼 더 열렬히(사실은 내 마음속 감정 이상으로) 그녀를 옹호했다. 두 쌍의 부부는 이런 나의 열렬한 태도를 대학생들이 흔히 하는 표현인 '시비 걸기'로 받아들였다. 그래서 그들은 조화로운 4중주처럼 단합하여 분노를 터뜨리며 내게 덤벼들었다. 선한 얼굴의 늙은 덴마크인은 마치 스톱워치를 손에 든 축구 심판이나 된 듯이 이따금 손가락으로 식탁을 두드리면서 "여러분, 진정하세요!"라고 타이르곤했다. 하지만 그래 봐야 언제나 그때뿐이었다. 한 신사는 세 번이나 얼굴을 붉히며 식탁에서 벌떡 일어났고, 그의 아내는 간신히 그를 진정시켰다. 이런 식의 분위기가 10여 분간 계속되었을 때 C 부인이 갑자기 나서서 부글거리는 대화를 매끄럽게 마무리하지 않았더라면, 우리의 논쟁은 주먹다짐으로 끝났을지도 모른다.

고상한 영국 여성인 백발의 C 부인은 우리 식사 모임에서 명예회장 격이었다. 부인은 언제나 자세를 바르게 하고 앉아서 우리 모두에게 상냥하고 친절하게 대했다. 그녀는 과묵한 편이었지만 어떤 대화에든 지극히 관심을 기울여 경청했으며, 우리는 이런 그녀의 모습을 보기만 해도 편안한 느낌이 들었다. 매사에 놀라울 정도로 침착하고 평온한 그녀에게서는 귀족다운 태도가 흘러넘쳤다. 누구에게나 우아한 태도로 친절을 베풀면서도 항상 적당히 거리를 두고 대했다. 그녀는 대체로 정원에 앉아 책을 읽거나 이따금 피아노를 치며 시간을 보냈다. 사교 모임에 참석하거나 누군가와 열심히 대화하는 일은 아주 드물었다. 이 때문에 우리는 그녀의 존재를 의식하지 못할 때가 많았지만, 그녀는 우리 모두에게 기묘한 힘을 행사하고 있었다. 이런 그녀가 지금 우리의 대화에 처음으로 끼어들자마자, 우리 모두는 너무 언성을 높이고 자제력을 잃었다고 느끼며 부끄러워 어쩔 줄을 몰라 했다.

C 부인은 독일인 신사가 흥분하여 벌떡 일어났다가 조용히 자리에 앉았던 조금 전의 불안한 소강상태를 이용하여 상황을 원만하게 정리했다. 뜻밖에도 그녀는 맑은 회색빛 눈을 올려 뜨고는, 잠시 주저하며 물끄러미 나를 바라보았다. 이어서 그녀는 당면한 주제를 거의 사무적인 방식으로 차분하게 다루기 시작했다.

"그러니까 제가 제대로 이해했다면 당신은 앙리에트 부인, 아니, 어떤 여자는 악의 없이도 갑자기 사랑의 모험에 빠져들 수 있다고 말씀하시는 거죠? 이런 여자는 한 시간 전에는 불가능하다고 여긴 행위도 감행할 수 있으며, 따라서 그녀에게 책임을 전가할 수는 없다는 것이지요?"

"바로 그렇습니다, 부인."

"그렇다면 도덕적 판단은 매번 완전히 무의미한 셈이지요. 그리고 윤리를 위반하는 행위도 항상 정당화될 테고요. 프랑스인들이 말하는 '치정으로 얽힌 사건'이 범죄가 아니라고 가정한다면, 도대체 국가의 사법기관은 무슨 소용이 있을까요? 거기서는 선한 의지 같은 것은 전혀 필요 없지요. 그런데 당신은 놀랄 만큼 선한 의지를 보여주고 계시네요."

이어서 C 부인은 미소를 띠며 다음과 같이 농담조로 덧붙였다. "범죄 속에서 매번 열정을 찾아내고는, 그 열정으로 범죄를 용서하시겠다 이거로군요."

나는 그녀의 명료하고 쾌활한 말투에 매우 호감을 느꼈다. 그래서인지 나도 모르게 그녀의 사무적인 어조를 따라 농담 반 진담 반으로 대답했다. "국가의 사법기관은 이 사태를 저보다는 당연히 더 엄격하게 결정하지요. 사법기관은 동정심에 흔들리지 않고 보편적인 윤리와 관습을 지켜야 할 의무가 있으며, 따라서 용서하는 대신에 판결하지 않을 수 없습니다. 그러나 저는 개인으로서 검사의 역할을 떠맡아야 한다고는 생각하지 않습니다. 저는 차라리 변호인을 택할 것입니다. 개인적으로 인간을 판단하기보다 이해하는 것이 제 마음에 더 들기 때문입니다."

C 부인은 한동안 맑은 회색빛 눈동자로 나를 똑바로 응시하면서 주춤거렸다. 나는 그녀가 내 말을 제대로 이해하지 못한 것 아닌가 싶어서 이번에는 그 말을 영어로 반복하려고 했다. 하지만 그녀는 희한한 표정을 지으며 정색하더니 마치 나를 시험이라도 하겠다는 듯 계속해서 내게 물음을 던졌다.

"이건 어떻게 생각하세요? 가령 어느 여자가 자신의 남편과 두 아이를 버리고, 사랑할 만한 가치가 있는지도 모르는, 전혀 알지 못하는 낯선 남자를 따라간다고 하지요. 그렇다면 이런 행위는 역겹고 추악한 짓이라고 생각하지 않습니까? 젊은 나이도 아니고, 자신의 아이들 때문이라도 자존심을 지켜야 할 여자가 그렇게 부주의하고 경솔하게 처신한 것을 정말 용서할 수 있습니까?"

　나는 내 주장을 굽히지 않았다. "부인, 거듭 말씀드리지만 저는 이번 경우에 무엇이라고 판단하거나 판결하기를 거부합니다. 조금 전에 제가 약간은 과장했음을 솔직하게 시인하렵니다. 이 가련한 앙리에트 부인이 분명 대단한 여걸은 아닙니다. 또한 사랑의 모험을 감행하는 열정의 화신도 아닙니다. 그녀는 내가 알고 있는 한, 그저 평범하고 연약한 여성에 불과합니다. 용감하게 자기 의지를 따랐다는 이유에서 그분을 조금은 존경하지만, 그분이 오늘은 아니라도 가까운 장래에는 분명히 불행해질 것이므로 그분을 동정하는 마음이 더 큽니다. 앙리에트 부인이 어쩌면 어리석고 너무 성급하게 행동했는지도 모르지만, 그분의 행동이 결코 저급하고 비천하다고 생각하지는 않습니다. 어느 누구도 이 가련하고 불행한 여인을 경멸할 권리가 없다는 제 주장에는 여전히 변함이 없습니다."

　"그러면 당신은 그녀를 변함없이 존경하고 존중하신다는 말씀이시죠? 그저께 정숙한 부인으로 함께했던 여성과 어제 생면부지의 남자와 도망친 여성 사이에 차이가 없다는 것이지요?"

　"그렇습니다. 조금도 다르지 않습니다."

　"그렇습니까?"라고 C 부인은 자신도 모르게 영어로 물었다. 기이하게도 부인은 우리의 대화에 깊이 빠져버린 것처럼 보였다. 잠시 숙고한 후 그녀는 맑은 눈으로 나를 응시하며 다시 한번 물었다.

　"그렇다면 당신은, 그러니까 니스에서 그 청년과 팔짱

을 끼고 있는 앙리에트 부인을 만난다면 알은체하시겠습니까?"

"그야 당연하지요."

"그녀와 대화도 나누시겠습니까?"

"물론입니다."

"만일 당신이 기혼자였다면, 그런 부인을 당신의 아내에게 아무 일도 없었던 것처럼 소개하시겠습니까?"

"물론이지요."

"정말 그래요?" C 부인은 전혀 믿지 않는다는 듯 놀라는 표정을 지으며 다시 영어로 물었다.

"분명히 그렇게 할 것입니다"라고 나 역시 나도 모르게 영어로 대답했다.

C 부인은 침묵했다. 그녀는 한동안 진지하게 숙고하는 것 같았다. 그러다가 마치 자신의 용기에 놀란 듯 나를 바라보며 불쑥 영어로 말했다. "나라면 그렇게 할 수 있을지 잘 모르겠군요. 어쩌면 나 역시 그렇게 할지도 모르지요."

C 부인은 이렇게 말하고는 자리에서 일어서더니 내게 정중하게 악수를 청하며 작별을 고했다. 이런 부인의 태도는 형용할 수 없을 만큼 안정적이어서 오로지 영국 사람만이 대화를 무리 없이 매듭지을 줄 안다는 느낌을 주었다. 그녀가 대화에 개입함으로써 다시 평화가 찾아왔으며, 식탁에 모인 우리 모두는 진심으로 그녀에게 감사했다. 그녀 덕분에 우리는 그럭저럭 정중히 인사를 나눌 수 있었다. 일촉즉발의 위험한 분위기도 가벼운 농담 몇 마디로 다시 부드러워질 수 있었다.

우리의 논쟁이 결국은 점잖게 해소된 것처럼 보였지만, 분노의 감정은 채 가라앉지 않았다. 나의 언쟁 상대와 나 사이에는 서먹한 감정이 앙금처럼 남아 있었다. 이후 독일인 부부는 나를 외면했다. 이탈리아인 부부는 며칠 동안 계속해서 '친애하는 앙리에트'에 관해 무슨 소식 좀 들었느냐며 놀림조로 물었다. 우리의 겉모습은 교양 있는 것처럼 보였지만, 식탁에서의 성실하고 평범한 사교의 성격은 돌이킬 수 없이 망가져 버렸다.

　그날의 논쟁 이후로 C 부인이 내게 보여준 특별한 관심 때문에 나의 적들은 훨씬 더 눈에 띌 정도로 나에게 빈정대면서 냉정하게 굴었다. 평소에 C 부인은 지극히 자신을 절제하면서 식사 때 외에는 식탁의 지인들과 거의 대화를 나누는 법이 없었다. 그러나 이제는 몇 번이나 기회를 보아 정원에서 내게 말을 걸어왔기에, 나는 이런 그녀가 내게 특별한 호감을 보인다고 생각할 지경이었다. 우아하고 절제된 태도를 지닌 그녀와 사적인 대화를 나누는 것만으로도 이미 특별한 혜택을 받는 셈이었기 때문이다. 솔직하게 말하면 주로 그녀가 나를 찾아왔다. 그녀 쪽에서 나와 대화를 나누려고 기회를 엿보았다고 해야 할 것이다. 이런 면이 너무나 명백해서 그녀가 백발의 노부인만 아니었다면, 나는 말도 안 되는 엉뚱한 상상을 했을지도 모른다. 우리가 만나서 이야기를 나누다 보면, 우리의 주제는 불가피하게 우리 대화의 출발점인 앙리에트 부인에게로 되돌아갔다. C 부인은 정신적으로 불안하고 신뢰할 수 없는 앙리에트 부인의 의무를 저버리는 태도에 책임을 전가함으로써 은연중에 만족을 느끼는

93

것 같았다. 그러나 동시에 내가 시종일관 확고부동하게 연민의 감정을 품고 이 연약하고 섬세한 여자의 편을 드는 것에 대해서도 은근히 즐거워하는 것 같았다. 그렇게 C 부인은 계속해서 우리의 대화를 이 방향으로 몰아갔다. 이제 기이하다 싶을 정도로 그녀는 계속 이 문제에 특별히 집착했지만, 나는 이에 대해 어떻게 생각해야 할지 도무지 종잡을 수 없었다.

닷새인지 엿새인지의 시일이 지났어도 C 부인은 어째서 이런 종류의 대화에 모종의 의미를 부여하는지에 대해 어떤 말도 하지 않았다. 그러나 함께 산책하며 내가 모레쯤 이곳에서의 체류를 끝내고 떠날 거라고 그녀에게 말했을 때, 그 이유가 밝혀졌다. 어느 때 같으면 항상 침착하던 그녀의 얼굴에 갑자기 야릇한 긴장의 표정이 드리워졌다. 푸른 회색 눈동자에 구름처럼 어두운 그림자가 스쳐 지나갔다. "그 것참, 이런 일이 있다니요! 함께 논의할 일이 아직 많은데 말입니다." 이 순간부터 그녀에게서 뭔가 알 수 없는 성급함과 불안의 기색이 엿보이기 시작했다. 대화를 나누는 와중에도 그녀는 자신의 관심을 끌고 사로잡는 다른 어떤 것을 생각하는 것 같았다. 마침내 이런 혼란스러운 상태를 그녀 스스로가 견딜 수 없는 것 같았다. 왜냐하면 그녀는 갑자기 한동안 침묵하더니 얼른 내게 손을 내밀며 작별을 고했기 때문이다.

"당신에게 뭔가 정말 하고 싶은 말이 있는데, 지금은 명확하게 전달할 수가 없군요. 차라리 편지를 드리도록 하겠어요." C 부인은 이렇게 말한 후 평소보다 더 빠른 걸음으로 자신의 거처를 향해 돌아갔다.

실제로 그날 저녁 식사 직전, 힘 있고 활기찬 필체의 편지가 내 방에 도착했다. 유감스럽게도 나는 내 젊은 시절의 편지들을 상당히 경솔하게 다루었고, 그래서 그날 그녀가 보내온 편지의 내용을 그대로 정확하게 옮기지는 못한다. 다만 그 편지에서 그녀가 살아오며 겪은 어떤 사건을 내게 이야기해도 좋은지 물어보았단 사실을 대략적으로 전달할 수 있을 뿐이다. 그 사건은 한참 전의 일이어서 자신의 현재 삶과는 별로 관계 없으며, 나는 이틀 후면 떠날 사람이기에 그녀를 20년 넘게 괴롭히고 사로잡던 사건을 좀더 가벼운 마음으로 털어놓을 수 있을 것 같다고 적혀 있었다. 그녀는 내게 만약 이 같은 대화가 성가실 것 같지 않다면 대화를 나눌 시간을 허락해 줄 수 있을지 묻고 있었다.

이 편지는 내게 대단히 매력적이었다. 그녀가 남긴 편지는 영어만이 표현할 수 있는 고도의 명료함과 결단력이 돋보였다. 그렇지만 이에 대해 답장을 쓰는 일은 조금도 쉽지 않았다. 세 번이나 초고를 찢고 나서야 답장을 마칠 수 있었다.

"부인께서 저를 이렇게 신뢰하신다니 저로서는 영광입니다. 저는 부인이 기대하는 만큼 성실하게 답변할 것을 약속합니다. 물론 부인이 마음속으로 원하는 것 이상의 것을 이야기해 달라고 부탁하지는 않겠습니다. 그러나 부인이 이야기하는 것은 정말 진실하기를 바랍니다. 부디 제가 부인의 신뢰를 특별한 영광으로 느끼고 있다는 것을 믿어주십시오."

이 쪽지는 그날 저녁 그녀의 방으로 전달되었고, 나는 다음 날 다시 답장을 받았다.

"당신의 말씀이 전적으로 옳습니다. 반쪽의 진실은 아무런 가치가 없으며, 언제나 완전한 진실만이 가치 있습니다. 저는 제 자신에게나 당신에게 아무것도 숨기지 않도록 최선을 다하겠습니다. 식사가 끝난 후 제 방으로 오시겠습니까? 제 나이 예순일곱으로, 오해받을까 두려워할 필요는 없을 것 같군요. 제 방으로 와주십사 하는 이유는 정원이나 사람들이 많은 곳에서는 그 이야기를 할 수 없기 때문입니다. 제가 결심하는 것이 쉽지 않았다는 것을 믿어주셨으면 합니다."

낮에 우리는 평소처럼 식탁에서 만나 정중한 태도로 사소한 일에 관한 대화를 나누었다. 그러나 정원에서 마주친 C 부인은 적잖게 당황하며 나를 피했다. 백발이 성성한 부인이 아가씨처럼 부끄러워하며 소나무 숲길로 달아나는 것을 본 나는 마음이 찡하면서도 감동을 느꼈다.

저녁때 내가 약속된 시간에 맞춰 부인의 방을 노크하자, 곧 문이 열렸다. 방은 어슴푸레한 불빛에 싸여 있었다. 테이블 위에 놓인 작은 독서용 램프는 어두컴컴한 방안에 동그란 모양으로 노란빛을 던지고 있었다. C 부인은 차분한 표정을 지으며 내게로 다가와 안락의자를 권하고는 나와 마주

앉았다. 그런 동작 하나하나가 신중하게 준비된 것 같았다. 하지만 그녀의 의지와는 분명히 다르게 침묵은 점점 더 길어졌다. 뭔가 힘든 결정을 위한 침묵의 시간인 것 같았다. 그러나 나는 한마디로 감히 이 침묵을 깨트릴 수가 없었다. 왜냐하면 그녀 안에서 강한 의지가 강한 저항과 격렬히 싸우고 있음을 느꼈기 때문이다. 이따금 아래층 휴게실로부터 왈츠의 지리멸렬한 음향이 맥없이 맴돌며 들려오고 있었다. 나는 정적에 드리워진 무거운 압박감을 조금 덜기 위해 그쪽으로 귀를 기울였다. 그녀 역시 이 침묵이 주는 어색한 긴장을 고통스럽게 느끼는 것 같았고, 그래서인지 돌연 침묵을 깨뜨리며 말문을 열기 시작했다.

첫마디 말을 꺼내기가 참으로 쉽지 않군요. 저는 이틀 전부터 아주 분명하고 진실해야겠다고 다짐했습니다. 그럴 수 있게 되기를 바랍니다. 어쩌면 당신은 지금 제가 당신이라는 낯선 분에게 이 모든 일을 이야기하려는 것 자체를 이해하지 못할지도 모르겠습니다. 하지만 제가 이 특정한 사건을 떠올리지 않는 날은 단 하루, 단 한 시간도 없습니다. 제 이야기를 듣고 나면 이 나이 든 여자의 말을 믿게 될 겁니다. 평생 살아오면서 어느 한순간, 단 하루에 불과한 시간을 계속 응시한다는 것은 참을 수 없는 일이라는 걸 말입니다. 제가 이야기하려는 그 모든 일은 67년의 세월 중 불과 24시간이라는 짧은 기간 안에 발생하였습니다. 저는 거의 미치도록 자주 속으로 부르짖었습니다. 어쩌다가 순간적으로 어리석게 행동했던 것이 뭐 그렇게 문제인가라고 말입니다. 그러나 외면할 수 없는 것이 있습니다. 우리는 그것을 매우 모호하게 양심이라고 표현하지요. 저는 당신이 앙리에트 부인의 경우에 대하여 객관적으로 말하는 것을 들었습니다. 그때 저는 문득 제 인생에서 그 하루에 일어난 일을 누군가에게 털어놓을 수만 있다면, 무의미하게 생각을 거듭하거나 끊임없이 나 자신을 원망하는 짓을 어쩌면 끝낼 수 있을지도 모른다고 생각했습니다. 만일 제가 성공회 교도가 아니고 가톨릭 신자였다면 오래전에 고해성사에서 이 비밀을 털어놓을 기회가 있었을 것입니다. 그러나 우리 성공회 교도는 이런 위로가 불가능하답니다. 그래서 오늘 저는 당신에게 이야기함으로써 제 자신의 고통에서 해방되려는 특별한 시도를 하고자 합니다. 이 모든 일이 매우 기이할 수 있지만, 당신은 거리낌 없이 저의 제안을 받아들이셨습니다. 이에 대해 진정으로 감사합니다.

그렇습니다, 저는 제 인생에서 단 하루에 관해서만 이야기하고 싶다고 이미 말씀드린 바 있습니다. 그 밖에 모든 일은 저에게 무의미하고 다른 사람들에게도 지루할 것 같습니다. 저는 마흔두 살이 되도록 평범함에서 조금도 벗어나지 않는 삶을 살았습니다. 저의 부모는 스코틀랜드의 부유한 지주였습니다. 우리는 큰 공장과 소작지를 가지고 있었습니다. 토지를 소유한 귀족들이 그렇듯이 한 해의 대부분을 영지에서 보냈고 특별한 일이 있을 때는 런던에서 보냈습니다. 열여덟 살 때 저는 사교 모임에서 남편이 될 사람을 사귀게 되었습니다. 그는 유명한 R 집안의 둘째 아들이었지요……. 그리고 10년 동안 인도에서 군인으로 복무했습니다. 우리는 급히 결혼하게 되었고, 우리가 속한 사회계층에서 걱정 없는 삶을 살았습니다. 석 달가량은 런던에서, 석 달가량은 우리의 영지에서 살았습니다. 나머지 시간은 이탈리아, 스페인, 프랑스를 여행하며 호텔에서 지냈습니다.

우리의 결혼 생활에는 희미한 그림자조차 드리운 적이 결코 없었지요. 그 사이에 두 아들이 태어났는데, 지금은 둘 다 성인이 되었습니다. 그런데 제 나이 마흔 살이 되었을 때 남편이 갑자기 죽었습니다. 그는 열대 지방에서 군 복무 중 간질환에 걸렸고, 2주일 동안 끔찍하게 앓다가 제 곁을 떠났습니다. 당시 저의 맏아들은 이미 군 복무 중이었고, 둘째 아들은 대학에 다니고 있었습니다. 이렇게 저는 하룻밤 사이에 완전히 공허한 상태에 빠져버렸습니다. 함께 사는 데 익숙했던 저에게 혼자라는 사실은 지독하게 괴로웠습니다. 주변의 물건을 볼 때마다 사랑하는 남편을 떠나보낸 슬픔을 떠올리게 하는 텅 빈 집 안에서는 하루라도 더 머물 수 없을 것 같았습니다. 그래서 저는 두 아들이 결혼하기 전까지 주로 여행을 다니기로 마음먹었답니다.

이 순간부터 저는 근본적으로 제 삶은 무의미하고 가치 없다고 여겼습니다. 23년 동안 매 순간 생각을 함께 나누던 남편은 죽었고, 자식들은 저를 필요로 하지 않았습니다. 저는 저의 암담한 마음과 우울증이 자식들의 청춘을 방해할까 두려웠습니다. 하지만 당시 제 자신을 위해 바라고 갈구하던 것은 아무것도 없었습니다. 저는 일단 파리로 이사했으며, 그곳에서 권태로움을 느낄 때면 상점이나 박물관을 드나들었습니다. 그러나 그 도시와 그곳의 풍경은 제게 낯설었으며, 저는 되도록 사람들을 기피했습니다. 왜냐하면 사람들이 예의를 갖추고 상복을 입은 저를 동정의 눈길로 바라보는 것을 참을 수 없었기 때문입니다. 멍하게 풀린 눈으로 힘없이 홀로 돌아다니다 보니 몇 달이 어떻게 지나갔는지 설명할 길이 없었습니다. 언제나 죽고 싶은 마음뿐이었다는 것만 지금 생각날 따름입니다. 그러나 그처럼 처절하게 바라던 것을 급히 실행할 힘이 제겐 없었습니다.

남편의 사망 2주기가 되던 해, 그러니까 제 나이 마흔둘 되던 해였습니다. 저는 그해 3월 말에 무의미하지만 눌러 없애지도 못하는 시간 앞에서 애매하게 도피해 다니다가 몬테카를로로 향하게 되었습니다. 솔직히 말하자면 권태로움 때문에 그곳으로 갔습니다. 약간의 외적 흥분제라도 섭취하려는 제 안의 공허감이 구역질처럼 솟아올랐기 때문입니다. 제 자신의 내부에 감정적인 움직임이 없으면 없을수록, 저는 그만큼 강렬히 인생의 수레바퀴가 빨리 회전하는 곳을 향해 이끌렸습니다. 스스로 체험할 수 없는 사람에게는 다른 사람들의 열광적인 흥분을 보는 것이 연극이나 음악처럼 신경을 짜릿하게 만들어주니까요.

이런 이유로 저는 카지노에 자주 다녔습니다. 다른 사람들의 얼굴에 기쁨이나 좌절이 파도처럼 격렬하게 넘나드는 것을 보는 것은 썰물 때처럼 황량한 제 마음마저도 흥분시켰습니다. 게다가 제 남편도 이따금 경박하지 않을 정도로 적절하게 카지노를 찾곤 했으므로, 저 역시 어느 정도는 경건한 자세로 남편이 즐기던 그 모든 습관을 충실하게 따르고 있었습니다. 그곳에서 바로 제가 말한 그 24시간이 시작되었습니다. 그곳에서 보낸 24시간은 어떤 놀이보다 더 자극적이었으며 제 운명을 수년에 걸쳐 혼란에 빠트렸습니다.

저는 친척인 M 공작부인과 점심 식사를 했습니다. 저녁 식사를 마쳤을 때에도 저는 잠을 자러 갈 만큼 피로를 느끼지 않았습니다. 그래서 카지노에 들어가 노름은 하지 않고 테이블 사이를 이리저리 돌아다녔습니다. 여기서 저는 옹기종기 모여 앉은 노름 파트너들을 특별한 방법으로 응시했습니다. 제가 말하는 특별한 방법이란, 언젠가 제가 늘 똑같은 노름꾼들의 얼굴을 멍하니 바라보는 것이 정말 지루하다고 불평하자 고인이 된 남편이 가르쳐준 방법이었습니다. 예컨대 몇 시간 동안이나 소파에 앉아 있다가 게임 칩 하나를 내기에 거는 주름진 얼굴의 노부인들, 노회하기 짝이 없는 노름꾼들이나 카드놀이를 하는 매춘부들은 정말 의심스럽고 형편없는 카지노의 동반자들입니다. 그들은 당신도 아시다시피 삼류 소설에서 언제나 우아한 꽃이나 유럽의 귀족으로 그려지는 아름답고 낭만적인 카지노 이용객의 모습과는 전혀 다른 부류들이지요.

20년 전만 해도 카지노는 엄청난 돈이 눈앞에서 굴러다니던 곳이었습니다. 바스락거리는 지폐와 나폴레옹 금화, 반짝거리는 5프랑짜리 동전이 뒤섞인 채 소용돌이쳤지요. 그때의 카지노는 단체 여행객들이 게임 칩을 따분하게 탕진하는 오늘날의 도박장보다 훨씬 더 매력적인 곳이었습니다. 그렇지만 당시에도 저는 모두가 똑같이 무표정한 얼굴을 한 것을 보는 게 별로 흥미롭지 않았습니다. 제가 이런 태도를 보이자 취미로 손금을 보던 제 남편이 아주 특별한 구경 방법을 가르쳐주었습니다. 실제로 이 방법은 테이블 주변에 무심하게 선 채 게임을 바라보는 것보다 훨씬 더 재미있고 짜릿한 흥분과 긴장감을 주었습니다. 방법은 간단합니다. 노름꾼들의 얼굴을 보지 말고 테이블의 네 구석만 보아야 하며, 그 위에 놓인 손들과 독특한 손동작에만 주의를 기울이면 되지요.

당신은 언젠가 우연히라도 녹색 테이블, 초록으로 된 네모 칸을 주목해 보신 적이 있으신가요? 그 한가운데서 공이 주정뱅이처럼 이 숫자, 저 숫자 사이를 비틀거리며 구르는 동안, 테이블 가장자리의 네모 칸들 안에서는 소용돌이치는 지폐 더미와 둥근 은화 또는 금화가 파종하는 씨앗처럼 우르르 쏟아져 내립니다. 그러면 다음에는 딜러의 갈퀴가 곡식을 수확하듯이 쌓인 돈을 모조리 긁어가거나 승자에게 다발로 돈을 퍼 날라 줍니다.

이런 시각으로 보면 변화하는 것은 테이블 위에서 움직이는 손들입니다. 말하자면 초록빛 테이블을 에워싸고 영민하게 움직이며 기다리는 많은 손들이 눈에 들어오는 것입니다. 각기 다른 옷소매로부터 빠져나와 있는 손들은 맹수처럼 먹이를 향해 달려 나가려고 합니다. 그 손들은 형태와 색깔도 제각기 달라서 몇몇 손은 맨살 그대로인데, 어떤 손들은 반지와 사슬로 꾸며져 있지요. 그 밖에도 어떤 손들은 사나운 짐승처럼 털이 수북하고, 어떤 손들은 축축하거나 뱀장어처럼 휘어져 있습니다. 하지만 그 모든 손들은 바짝 긴장한 채 무서운 초조감에 떨고 있습니다.

이럴 때면 언제나 저는 경마장의 광경을 연상하곤 합니

다. 기수들이 출발선에서 흥분한 말들을 일찍 뛰쳐나가지 못하도록 고삐를 바짝 당겨 제어하고 있는 경마장을 불쑥 떠올리지 않을 수 없습니다. 경마장의 말들은 노름판 위의 손들처럼 몸을 떨면서 고개를 들어 올리고 몸을 뒷발로 떠받치고 있습니다. 노름꾼의 손, 기다리거나 붙잡거나 정지할 때의 그 손 모양을 보면 모든 정황을 헤아릴 수 있습니다. 움켜쥐고 있는 손은 탐욕스러운 손이고, 느슨하게 잡고 있는 손은 방탕한 손, 차분한 손은 계산적인 손, 떨고 있는 손은 절망한 손이라는 것을 어느 정도 알아볼 수 있습니다. 돈을 잡는 동작에서도 순식간에 수많은 성격이 노출됩니다. 어떤 사람은 돈을 말아 쥐고, 또 어떤 사람은 신경질적으로 구겨서 쥡니다. 그런가 하면 게임이 진행되는 동안 기진맥진한 채 피곤한 손을 동그랗게 쥐고는 돈을 테이블 위에 놓아두기도 합니다.

흔히 하는 말로 사람은 노름할 때 잘 나타난다고 하지요. 하지만 저는 노름을 하는 동안 그 사람의 손에서 더 분명하게 그의 성품이 나타난다고 생각합니다. 그 이유는 대부분 노름꾼들은 얼굴 다스리는 법을 금방 체득하거나, 아니면 속을 들여다볼 수 없는 차가운 가면을 목 위에 달고 다니기 때문입니다. 그들은 입가의 주름을 억지로 내려뜨리고 이를 악물고 흥분을 삭이며, 두 눈에 드러나는 불안한 기색을 은폐합니다. 터져 나오려는 안면 근육을 반듯하게 펴고는, 인위적이면서도 격조 있게 조작된 냉정한 표정을 짓곤 합니다. 그러나 그들은 자신의 본질을 가장 잘 드러내는 얼굴을 통제하려고 모든 신경을 과도할 정도로 거기에 집중하기 때문에 손에 대해선 잊어버리거나 오직 손만을 관찰하는 사람이 있다는 사실을 알지 못합니다. 손 관찰자들은 미소를 지으며 잔물결을 일으키는 입술과 의도적으로 무관심을 가장하는 눈동자가 감추려 하는 것을 모조리 알아냅니다. 손은 가장 내밀한 비밀을 부끄러운 줄도 모르고 드러낸답니다. 힘들게 제어하여 잠든 것 같았던 이 모든 손가락들이 우아한 여유로움을 깨고 나오는 순간은 필연적으로 찾아오기 마련입니다. 룰렛의 공이 작은 통 안에 떨어지면서 승자의 번호가 호명되는 그 아슬아슬한 순간에 100개 또는 500개의 손이 제각각 자신도 모르게 아주 개성적이고 개인적으로 원시적인 본능의 움직임을 보여주는 것입니다.

게임을 좋아한 남편 때문에 손들의 경기장을 관찰하는 데 익숙한 저는 이처럼 늘 다른 사람들이 각각 다른 기질을 다른 방식으로 폭발하는 모습을 보며 연극이나 음악을 관람하는 것보다 더 강한 자극을 받았습니다. 노름판에는 수천 종류의 손이 있다는 것을 당신에게 제대로 표현할 수가 없군요. 구부러진 손가락으로 거미처럼 돈을 움켜잡는, 털이 많은 야수의 손이 있는가 하면, 돈을 거머쥘 생각도 하지 못하는, 희미한 손톱의 신경질적이고 덜덜 떠는 손이 있습니다. 그런가 하면 고상한 손과 상스러운 손, 야만적인 손과 겁이 많은 손, 교활하지만 더듬거리는 손도 있답니다.

모든 손은 저마다 다르게 움직입니다. 카지노에서 딜러네댓의 손을 제외하면 일반인들의 손은 제각기 특수한 삶을 표현하고 있으니까요. 딜러의 손은 완전히 기계와 같아서 생동하는 손들과는 달리 냉철하고 사무적으로, 감정에 전혀 치우침이 없이 정확하게 작동합니다. 그것은 마치 계량기의 덜그럭거리는 금속 잠금장치와도 같습니다. 그러나 딜러의 냉정한 손도 일확천금을 좇는 정열적인 노름꾼들과 대조를 이루기 때문에 그만큼 놀라운 모습으로 부각됩니다. 그들의 손은 파도치듯 몰려오는 열광적 민중 봉기의 한가운데서 제복을 입고 선 경찰관과 같습니다. 게다가 며칠이 지나면 제 개인적으로도 매력을 느끼게 되는데, 이때쯤이면 벌써 개별적인 손이 지닌 많은 습관과 열정에 친숙해지게 되기 때문이랍니다.

실제로 저는 며칠 뒤 많은 손을 알게 되었고, 그 손들을 완전히 사람을 평가하듯 호감 가는 손과 반감이 느껴지는 손으로 나누었습니다. 혼란스럽고 탐욕적인 손 몇몇은 어찌나 역겨웠던지, 저는 어떤 상스러운 것을 보기라도 한 것처럼 언제나 그 손들을 외면했습니다. 하지만 테이블에 새로운 손이라도 나타나면 저는 또 호기심에 가득 차 새로운 체험을 즐겼습니다. 저는 손 주인의 얼굴, 옷깃 위에 쫑긋 자리 잡은 얼굴을 바라보는 것을 자주 잊곤 했습니다. 도박판에서 얼굴이란 외출복 셔츠나 하얀 앞가슴 위에서 미동도 하지 않고 빳빳하게 서 있는 차가운 사교용 가면과 다를 바가 없었으니까요.

그날 밤 저는 카지노에 입장하여 금화를 몇 개 꺼내 들고는, 사람으로 꽉 찬 두 개의 테이블을 지나 세 번째 테이블로 가고 있었습니다. 이때 저는 아주 이상한 소리를 들었습니다. 구르는 힘이 약해진 룰렛 공이 두 개의 숫자 사이에서 멈출 것처럼 오락가락할 때쯤에는 언제나 팽팽해진 긴장으로 침묵마저 굉음처럼 느껴지는 휴식 시간이 찾아옵니다. 바로 그때 맞은편에서 아주 이상한 소리가 들려오는 것이었습니다. 그것은 우지끈 뚝딱하며 관절이라도 부러지는 것 같은 소리였습니다. 저는 무의식적으로 깜짝 놀라서 그쪽을 바라보았습니다. 이때 제 눈에 들어온 것은 이제까지 결코 본 적이 없었던 한 쌍의 손이었습니다. 그 손은 정말 경악할 만했습니다! 왼손과 오른손은 성난 두 마리의 짐승처럼 서로 엉겨 붙은 채 경련을 일으켰고, 서로가 극도로 긴장하면서 손가락 마디를 폈다가 움켜쥐기를 반복하는 바람에 호두가 깨지듯 우지끈 뚝딱하는 소리가 들려왔던 것입니다.

그런데 그 손은 상당히 길고 가늘지만 근육이 탄탄한, 아주 드물게 보이는 매우 하얗고 아름다운 손이었습니다. 그 끝의 손톱은 푸르스름하면서도 진주처럼 빛나며, 부드럽고 둥근 모양을 하고 있었습니다. 저는 저녁 내내 그 멋진 손, 참으로 특별하고 유일무이한 두 손을 경탄의 눈으로 바라보았습니다. 그러나 제가 처음에 그토록 등골이 오싹하도록 놀랐던 이유는 그 손이 내뿜는 엄청난 열정 때문이었습니다. 미친 듯이 열정을 뿜어내는 두 손은 서로 싸우듯이 엉겨 붙었다가 밀쳐내며 경련했습니다. 저는 곧 저 가슴 뜨거운 인간이 스스로 터져버리지 않도록 자신의 열정을 손가락 끝에 모두 몰아넣고 있다는 것을 깨달았습니다.

그때였습니다. 순간적으로 공이 드르륵 메마른 소리를 내며 접시로 떨어졌고, 딜러가 당첨 숫자를 외쳤습니다. 그러자 돌연 그 아름다운 두 손은 총알을 맞은 두 마리 짐승처럼 서로 떨어져 나갔습니다. 양손 모두가 지쳐서 쓰러졌다기보다 정말 숨이 끊어져서 자빠진 것 같았습니다. 이를 구체적으로 표현하자면 양손은 무기력과 실망감, 엄청난 충격과 종말적인 감정을 드러내고 있었습니다. 저는 결코 그 이전이나 이후에도 이렇게 말을 하는 손을 본 적이 없습니다. 손의 근육마다 제각기 입을 가지고 있었고, 그곳에 난 솜털 구멍마다 열정이 느껴질 지경이었습니다.

잠시 후 두 손은 수면 위로 내던져진 해파리처럼 녹색 테이블 위에 죽은 듯 축 늘어졌습니다. 이어서 두 손 가운데 오른손이 힘겹게 다시 손가락 끝부터 일어서기 시작하더니, 떨면서 뒤로 물러서다가 잠시 주변을 맴돌았습니다. 그러다가 다시 움칠하더니 빙글 돌면서 마침내 신경질적으로 게임 칩 하나를 움켜쥐는 것이었습니다. 이윽고 그 칩을 엄지와 검지 사이에 끼우고는, 미심쩍어하면서 작은 바퀴처럼 굴렸습니다. 그러고는 돌연 고양이처럼 등을 숙이며 웅크렸다가 손에 쥐고 있던 100프랑 칩을 재빨리 검은 판 한가운데로 던졌습니다. 그러자 곧 신호에 응답하듯, 잠든 것처럼 늘어져 있던 왼손도 흥분에 사로잡혔습니다. 벌떡 일어선 왼손은 칩을 던지느라 지쳐서 떨고 있는 형제 손을 향해 살그머니 다가갔습니다. 이제 양손은 추운 이빨들이 서로 부딪치며 가볍게 떨 듯이 부르르 떨면서 함께 모여, 손마디로 소리 없이 테이블을 툭툭 치고 있었습니다. 아, 이럴 수가 있다니! 이럴 수가 있다니! 저는 손이 이렇게 말을 하듯이 자신을 표출하고, 이렇게 흥분하고 긴장하여 경련하는 것을 결코 본 일이 없었기에 연신 감탄사를 내뱉었습니다.

둥근 카지노 안 모든 것이 시끄럽고 소란하게 울렸습니

다. 홀에서는 윙윙거리는 소리가 들려왔습니다. 딜러는 장사꾼처럼 큰 소리로 외치고 있었으며, 사람들은 이리저리 돌아다녔습니다. 위에서 던져진 룰렛 공은 널마루처럼 매끈한 둥근 회로 속에서 미친 듯이 달리고 있었습니다. 이처럼 신경을 짜릿하게 자극하며 지나가는 모든 것들, 주변의 윙윙거리며 동요하는 그 온갖 인상들조차도 제게는 무의미할 뿐이었습니다. 갑자기 경련하고, 숨을 쉬듯 헐떡거리고, 추워서 덜덜 떠는 이 두 손 앞에서 다른 모든 것들은 경직된 채 죽어 없어지는 것 같았습니다. 저는 마치 마술에라도 걸린 듯, 이 전대미문의 신기한 두 손을 긴장한 채 주시하지 않을 수 없었습니다.

마침내 저는 더 이상 참을 수 없었습니다. 저는 이 사람을, 이 마법의 손을 가진 사람의 얼굴을 보지 않을 수 없었습니다. 그래서 저는 겁을 내면서도 천천히 옷소매와 좁은 어깨 쪽으로 시선을 향했습니다. 솔직히 겁이 났는데, 실제로 저는 그 손을 보며 두려움을 느꼈기 때문입니다. 그런데 다시 한번 깜짝 놀랐습니다. 그 사람의 얼굴은 그의 신기한 손과 마찬가지로 자유분방하고 환상적이지만 너무 진지하여 극단적인 느낌을 주었습니다. 손과 마찬가지로 섬세하고 부드러운 아름다움을 지닌 얼굴이었지만, 표정은 지극히 완고해 보였습니다. 저는 결코 이런 얼굴을 본 적이 없었습니다. 이렇게 완전히 스스로를 벗어나서 본래의 자신과는 딴판인 얼굴은 본 적이 없었습니다. 저는 이 얼굴을 가면이나 눈이 없는[1] 조형물을 보는 것처럼 편안하게 관찰할 수 있었습니다.

---

1 작가는 젊은이의 시선이 완전히 다른 곳을 향한 것을 두고 이렇게 표현한 것으로 보인다.

이 도박에 미친 인간은 단 1초도 좌우로 눈을 돌리지 않았습니다. 위로 치켜뜬 눈꺼풀 아래 있는 동공은 죽은 유리 알처럼 거무스레하게 경직되어 있었고, 둥근 룰렛 상자 안에서 우스꽝스럽게 제멋대로 구르고 달려가는 저 붉은 갈색 공을 거울처럼 반사하고 있었습니다. 다시 한번 말하자면 저는 결코 이렇게 긴장된 얼굴, 이렇게 매혹적인 얼굴을 본 적이 없습니다. 그는 대략 스물넷 정도 되어 보이는 청년이었는데, 얼굴은 갸름하고 섬세하면서 약간 길었고 그만큼 표정이 풍부했습니다. 손과 마찬가지로 그의 얼굴은 남자답다기보다는 오히려 열광적으로 게임을 즐기는 소년 같았습니다.

그러나 저는 이 모든 정황을 나중에야 알아차렸답니다. 왜냐하면 당시 그 청년의 얼굴은 완전히 탐욕과 광기를 분출하기 직전이었기 때문입니다. 숨을 헐떡이며 열려 있는 좁은 입술 사이로 이가 절반쯤 드러나 있었습니다. 열 걸음쯤 떨어진 거리에서도 멍하니 열린 입술 사이로 이가 열기에 떨며 서로 부딪치는 것을 볼 수 있었습니다. 연한 금발 머리의 흐트러진 가닥은 추락하는 사람의 머리처럼 앞으로 늘어진 채 이마에 촉촉이 달라붙어 있었습니다. 그런가 하면 양쪽 콧방울 주변의 근육은 마치 작은 물결이 피부 아래서 미세하게 일렁이기라도 하듯이 끊임없이 씰룩거렸습니다. 잔뜩 수그린 그의 머리는 자기 자신도 모르는 사이에 점점 더 앞으로 기울어지고 있었습니다. 이런 모습은 그가 작은 공의 소용돌이 속으로 휩쓸려 들어가기라도 하는 것처럼 느껴졌습니다. 이제야 저는 비로소 그가 왜 손을 떨면서도 꽉 움켜쥐고 있는지를 이해했습니다. 중심을 잃고 쓰러지지 않기 위해선 이렇게 떨릴 정도로 손을 꽉 움켜쥐어야만 균형을 유지할 수 있었던 것이었지요.

다시 반복할 수밖에 없지만, 이제까지 저는 이렇게 야수처럼 열정을 수치심도 없이 노골적으로 드러내는 얼굴을 본 적이 없습니다. 저는 이런 그의 얼굴을 뚫어지게 바라보았습니다. 룰렛 공이 빙빙 돌며 튀어 오르고 움칠하는 것을 미친 사람처럼 주시하는 그의 얼굴에 완전히 매료되고 빠져버렸습니다. 이 순간부터 저는 더 이상 카지노 안에서 일어나는 다른 어떤 일도 의식하지 못했습니다. 주변의 모든 일은 이 얼굴에서 분출되는 불길에 비하면 맥 빠지고 모호하며, 희미하고 흐릿하게만 여겨졌습니다. 저는 그 모든 사람들 너머로 어쩌면 한 시간가량은 이 남자의 얼굴과 몸짓을 지켜보았을 것입니다.

이제 딜러가 탐욕스럽게 내민 그의 손을 향해 스무 개의 금화를 건네자, 그의 두 눈은 이글거리며 환한 빛을 뿜어냈습니다. 경련을 일으키며 마주 잡았던 두 손도 이제는 서로 떨어져 나가며 구부러진 손가락들을 떨며 바르게 펴는 것이었습니다. 그 순간 그의 얼굴이 갑자기 환해지고 생동감 넘쳤습니다. 찌푸린 주름살이 활짝 펴졌고 눈빛도 밝아지기 시작했습니다. 구부리고 있던 상체도 사뿐하고 경쾌하게 솟아올랐습니다. 이제는 말을 탄 기사처럼 유유한 동작으로 승리의 감정을 즐기면서 얼른 자리에 앉았습니다. 둥근 금화에 취한 손가락들에서 짤랑거리는 소리가 들려왔습니다. 손가락을 튕기자 금화들이 서로 부딪치며 춤을 추거나 멋지게 짤랑거렸습니다.

하지만 곧 그는 다시 불안한 듯 고개를 들고는 마치 사냥개가 사냥감의 흔적을 찾아 코를 킁킁대듯 녹색 테이블을 훑어보았습니다. 그러다가 갑자기 네모 칸 중 하나에 금화 뭉치를 모조리 집어던졌습니다. 이와 동시에 다시 먹이를 기다리는 시간, 숨이라도 멎을 듯한 긴장의 시간이 시작되었습니다. 다시 입술은 전기 충격이라도 받은 듯 파르르 떨렸고, 두 손은 서로 경련을 일으켰지요. 소년처럼 천진한 얼굴은 탐욕스러운 기대감에 가려 사라졌으며, 결국은 아슬아슬한 긴장이 폭발하듯 무너져서는 실망으로 변하고 말았습니다. 소년처럼 흥분에 들떠 있던 얼굴은 갑자기 시들어 창백해지면서 나이 든 얼굴 같았고, 눈은 몽롱해지면서 빛을 잃고 말았습니다.

이 모든 것은 단 1초 안에 일어났습니다. 구르던 룰렛 공이 생각지 않은 번호에 떨어진 것으로, 그가 게임에 진 것입니다. 몇 초 동안 그는 이해할 수 없다는 듯 거의 몽롱한 눈빛으로 공이 떨어진 곳을 응시했습니다. 그러나 돈을 걸라고 독려하는 딜러의 첫 외침이 들리자마자, 그의 손가락은 즉시 금화 몇 개를 다시 움켜쥐었습니다. 하지만 확신이 사라졌습니다. 일단 그는 금화를 어떤 칸에 놓았으나, 잠시 생각에 잠기고는 곧 다른 칸으로 옮겼습니다. 룰렛 공이 굴러가기 시작했을 때, 돌발적인 충동에 따라 그는 떨리는 손으로 구겨진 지폐 두 장을 잡고는 네모 칸에 던졌습니다.

돈을 잃고 따는 아슬아슬한 도박이 대략 한 시간쯤 쉬지 않고 반복되었습니다. 이 한 시간 동안 저는 열정이 조수처럼 몰아치며 계속 변화하는 얼굴에 매료되어 한순간도 다른 곳으로 시선을 돌리지 못했습니다. 저는 그 마법의 손에서 눈을 뗄 수 없었답니다. 그 손이 분수처럼 솟아올랐다가 떨어지는 감정의 단계들을 매번 근육의 변화를 통해 생생하게 재현했기 때문입니다. 극장에서 배우의 얼굴을 바라볼 때에도 결코 이 얼굴을 보는 것만큼 가슴 졸이며 바라본 적은 없었습니다. 풍경에 빛과 그늘이 있듯이 이 얼굴에는 온갖 색채와 느낌의 끊임없는 변화가 나타납니다. 저는 기이한 흥분 상태에 흠뻑 빠져서 이 룰렛 게임에 제 모든 관심을 온통 기울이지 않을 수 없었습니다. 만일 누군가 이 순간 멍한 표정으로 그 얼굴만을 주시하는 저를 목격했다면, 제가 최면술에 빠진 것은 아닌가 하고 생각했을지도 모릅니다. 어쨌든 이로 인해 저는 완전히 넋이 나간 상태였으며, 따라서 이 표정의 긴박한 유희로부터 눈을 뗄 수 없었습니다.

카지노에 켜진 환한 불빛, 수많은 사람들의 웃음소리, 시선, 그 모든 것은 그저 형체 없이 주변을 떠도는 노란 연기에 불과했습니다. 이런 연기의 한복판에서 제게 그의 얼굴은 가장 강렬하게 타오르는 불꽃처럼 부각되었습니다. 저는 아무 소리도 듣지 못했고, 아무것도 감지하지 못했습니다. 제 곁에서 사람들이 달려가거나, 갑자기 손을 더듬이처럼 내밀고는 돈을 걸거나 가져가는 것도 전혀 알아차리지 못했습니다. 저는 구르는 공을 보지 못했고, 딜러의 외치는 목소리도 듣지 못했습니다. 그럼에도 저는 꿈이라도 꾸듯이 일어난 모든 일을 그의 손을 보고 알 수 있었습니다. 그의 손은 흥분하고 열광한 나머지 오목거울에 반사된 것처럼 아주 커 보였습니다. 예컨대 공이 빨간 칸에 떨어졌는지 검은 칸에 떨어졌는지, 구르고 있는지 멈추었는지를 알려면 룰렛 칸을 볼 필요가 없었습니다. 승리와 패배, 기대와 실망의 국면은 매번 그의 열정 넘치는 얼굴의 핏대와 표정에서 순간적으로 번뜩였습니다.

하지만 이어서 저녁 시간 내내 저를 두려움에 떨게 하던 그 무시무시한 순간이 찾아왔습니다. 그 순간은 팽팽하게 긴장한 제 신경을 뇌우처럼 덮고 있다가 돌연 그 한가운데를 꿰뚫어 버리며 무섭게 닥쳐왔습니다. 룰렛 공이 미세하게 달그락 소리를 내며 둥근 회로 속으로 다시 굴러떨어지자, 200명쯤 되는 사람들이 숨을 죽이고 딜러의 선언을 기다리는 그 아슬아슬한 순간이 다시 닥쳐온 것입니다. 이때 딜러는 "제로"를 외치고는, 사방에서 짤랑대는 동전과 바삭거리는 지폐를 모조리 긁어모았습니다.

이 순간 심하게 떨고 있던 두 손은 아주 끔찍한 동작을 취했습니다. 두 손은 실체가 없는 어떤 것을 낚아채려는 듯 솟구치다가, 아무것도 수중에 넣지 못한 채 중력의 법칙에 따라 무기력하게 축 늘어지면서 테이블로 떨어져 내렸습니다. 그러나 두 손은 갑자기 기력을 회복하더니, 얼른 테이블에서 자신의 몸 쪽으로 옮겨와서는 야생 고양이처럼 몸통으로 기어올랐습니다. 이어서 좌우상하로 주머니란 주머니는 모두 신경질적으로 뒤지고 다니는 것이었습니다. 혹시라도 어딘가 잊어버리고 놓아둔 동전이라도 있지 않을까 해서였지요. 두 손은 언제나 허탕을 치면서도 더욱 뜨겁게 이 의미 없는 탐색을 반복했습니다. 이미 룰렛 판은 다시 돌기 시작했고, 다른 사람들은 계속해서 게임을 시작했습니다. 동전이 짤랑거리거나 소파를 잡아당기며 생겨나는 수많은 자잘한 소음이 뒤섞여 윙윙 울리는 소리가 홀을 가득 채웠습니다.

저는 두려워서 고개를 흔들고 몸을 떨었습니다. 그만큼 저는 이 모든 일을 지켜보면서 분명히 공감해야만 했습니다. 절망적인 표정으로 몇 푼의 돈을 찾으려고 구겨진 옷의 주머니와 그 속을 필사적으로 뒤지던 손가락이 마치 제 손가락 같았기 때문입니다. 그런데 갑자기 제 맞은편에 있던 그 사람이 자리에서 벌떡 일어섰습니다. 불행해 보였던 누군가가 갑자기 일어나서 몸을 쭉 펴고 답답한 숨을 내쉬려는 것 같았습니다. 그의 뒤에서 의자가 꽝하고 소리를 내며 바닥에 엎어졌습니다. 그러나 그는 그것을 전혀 알지도 못한 채, 그리고 소란에 겁을 먹고 놀라워하며 비켜서던 옆 사람들을 의식하지도 못한 채, 게임이 벌어졌던 테이블에서 뚜벅뚜벅 걸어서 사라졌습니다.

저는 이 순간 화석처럼 굳어 제자리에 서 있었습니다. 즉시 그가 어디로 가는지 직감했기 때문입니다. 그는 죽으러 가고 있었습니다. 이런 식으로 일어선 사람은 여관이나 술집, 여자에게나 기차로 가지 않습니다. 이런 사람은 어떤 삶의 형태로 돌아가는 것이 아니라 바로 깊이를 알 수 없는 심연으로 추락합니다. 이 지옥 같은 카지노에서 아무리 무감각한 사람일지라도 알아차렸을 것입니다. 이 사람은 가족이나 은행, 친척 같은 뒷받침이 어디에도 없는 상태에서 마지막 돈을, 아니 생명을 걸었다는 것을 말입니다. 그는 지금 그 어딘가로, 삶의 밖에 있는 그 어느 곳으로 가고 있었습니다.

저는 그를 처음 본 순간부터 계속 걱정했습니다. 그러면서도 그에게는 도박판에서의 승패 이상의 무엇인가가 있을 것 같은 신비로움을 느꼈습니다. 하지만 그의 눈에서 돌연 생기가 빠져나가고 방금까지도 생생하던 얼굴이 거무스레한 납빛으로 변하는 것을 보자, 제 마음속에서 어두운 예감이 번개처럼 스치고 지나갔습니다. 이 사람이 자리에서 벌떡 일어나 비틀거리며 걷는 동안, 저는 자신도 모르게 손으로 제 몸을 움켜쥐고 말았습니다. 그렇게 저는 그의 처절한 몸짓에 아찔했습니다. 왜냐하면 조금 전에 그의 긴장이 제 혈관과 신경으로 파고들었듯이, 그의 비틀거리는 거동이 지금 제 자신의 몸속으로 그대로 전달되었기 때문입니다. 하지만 곧 저는 무엇에 끌려가듯 그를 따라가야만 했습니다. 원치 않았지만 제 발이 그를 따라갔습니다. 완전히 의지와 상관없는 일이었습니다. 제가 그렇게 한 것이 아니라 제게 그런 일이 발생했던 것입니다. 저는 그 누구에게도 신경 쓰지 않고, 제 자신을 느끼지도 못한 채 카지노 복도를 지나 출입구로 달려갔습니다.

그는 외투 보관실 앞에 서 있었습니다. 곧 종업원이 외투를 가지고 왔습니다. 그러나 그의 팔이 외투에 쉽사리 들어갈 생각을 하지 않았습니다. 그래서 부지런한 종업원이 팔이 마비된 사람에게 하듯이 힘들여 그의 팔을 옷소매 안으로 넣어주었습니다. 그러자 그가 종업원에게 늘 해왔듯이 팁을 주려고 조끼 주머니에 손을 넣었지만, 손가락은 아무 것도 잡지 못하고 그냥 나왔습니다. 이때 그는 갑자기 전후 사정을 기억해 냈는지 몹시 당황하는 표정을 지었습니다.

이어서 종업원에게 횡설수설하더니 앞으로 휙 하고 나가서
는, 카지노의 층계를 주정뱅이처럼 비틀거리며 내려갔습니
다. 이 모습을 보며 종업원은 처음에는 입가에 경멸의 웃음
을 흘렸습니다만, 이어서 이해한다는 듯 미소를 지으며 잠
시 그의 뒷모습을 바라보았습니다.

이런 거동은 너무 충격적이어서 그 장면을 목격한 제가
다 부끄러웠습니다. 연극이라도 구경하듯이 낯선 사람의 절
망을 코앞에서 보았다는 것이 민망하여 저는 무의식적으로
옆으로 비켜섰습니다. 하지만 곧 도저히 이해할 수 없는 불
안이 돌연 제게 밀려들었습니다. 저는 종업원에게 급히 제
외투를 건네받았습니다. 그런 다음 뭔가 확고한 생각도 없
이 아주 기계적으로, 아니 완전히 충동적으로 이 낯선 사람
을 따라 어둠 속으로 걸어갔답니다.

C 부인은 잠깐 이야기를 멈추었다. 그녀는 내 맞은편에 가
만히 앉아서 그녀 본연의 조용하고 차분한 어조로 거의 쉬
지 않고 말했다. 이런 태도는 마음속으로 단단히 준비하고
사건을 꼼꼼히 정리해 둔 사람만이 가능할 것 같았다. 하지
만 지금 처음으로 그녀는 이야기를 중단하고 망설이더니,
갑자기 말머리를 이야기에서 나에게로 옮기는 것이었다. 말
문을 여는 그녀의 표정에는 불안한 기색이 엿보였다.

저는 당신과 저 자신에게 약속했지요. 모든 일을 최대한
솔직하게 이야기하겠노라고. 그러니 바라건대 당신은 제 솔
직함을 꼭 믿어주십시오. 그리고 제 행동에 숨은 동기 같은

것이 있다고 추측하지 않으시기를 바랍니다. 설령 그런 것이 있을지라도 제가 이제 와서 그걸 부끄러워하지는 않을 것입니다. 아니, 이번 사건의 경우에 그런 추측은 전혀 맞지 않습니다. 그러니 이것만은 꼭 강조하고자 합니다. 제가 좌절한 노름꾼을 따라 서둘러 거리로 나섰다면, 그것은 절대로 그 청년에게 반해서가 아닙니다. 저는 그 사람을 전혀 남자로 여기지 않았으니까요. 사실 남편이 사망했을 당시에 저는 이미 마흔 살을 넘긴 나이였고, 그 후로는 어떤 남자에게도 결코 눈길 한번 준 적이 없었습니다. 남자에 대한 관심 따위는 완전히 끝난 상태였습니다. 이런 말씀을 당신께 다시 강조하는 바입니다. 그렇지 않으면 당신은 추후에 일어난 일이 얼마나 끔찍했는지를 이해하지 못할 수도 있기 때문이랍니다.

물론 저 역시 당시에 그 불행한 사람을 따라갈 수밖에 없었던 감정을 무엇이라고 꼬집어 설명하기가 참으로 어렵습니다. 어쩌면 그것은 호기심이었을지도 모릅니다. 아니, 그보다는 무엇보다 끔찍한 불안감 때문이거나, 더 상세히 표현하면 끔찍한 어떤 일이 벌어질 것 같다는 불안감 때문이었습니다. 이 젊은이를 처음 본 순간부터 그의 주변에 구름 같은 그 무엇이 보이지 않게 드리워져 있다고 느꼈습니다. 그러나 이런 느낌을 분석하고 해석할 수는 없는데, 그 이유는 무엇보다 그것이 너무 강압적이고 급작스러울 뿐만 아니라 즉흥적으로 뒤섞여 나오는 감정이기 때문입니다.

이와 관련하여 말씀드리자면 저는 분명히 길거리에서 자동차를 향해 뛰어드는 어린아이를 잡아채어 끌어내는 그런

구조행위를 본능적으로 했을 따름입니다. 그런 게 아니라면 헤엄칠 줄도 모르는 사람이 물에 빠져 허우적거리는 사람을 구하려고 다리에서 뛰어드는 행위가 설명될 수 있을까요? 이런 사람을 이끄는 것은 마술적인 힘이며, 의지가 그 힘을 밀고 나간답니다. 하지만 행동을 한 후에야 비로소 그는 그런 대담한 시도가 무의미했다는 것을 명백하게 깨닫게 됩니다. 바로 이렇게 저는 당시 의식적인 냉정이나 숙고 없이 카지노 홀에서 출입구로, 그리고 출입구에서 테라스로 그 불행한 사람을 뒤따라갔던 것입니다.

저는 확신합니다. 당신이라도 또는 냉철한 눈으로 사태를 헤아릴 줄 아는 그 누구라도 이런 아슬아슬한 호기심을 도저히 회피할 수는 없었을 것입니다. 기껏해야 스물넷 정도 될까 싶은 청년이 노인처럼 힘겨워하며, 축 늘어지고 흐느적거리는 팔다리로 주정뱅이처럼 비틀거리는 것보다 더 끔찍한 광경은 도저히 생각할 수 없기 때문입니다. 청년은 층계를 내려가 길가 테라스로 발을 질질 끌고 걷더니, 급기야는 근처 벤치에 포대 자루처럼 털썩 주저앉았습니다. 저는 이런 행동을 보고는, 정말 이 사람은 끝장났다고 다시 느꼈습니다. 죽은 사람, 혹은 더는 근육을 유지하지 못할 만큼 허약한 사람만이 그렇게 힘없이 주저앉는 법이니까요.

그는 머리를 벤치에 비스듬히 기댄 채 숙이고 있었고, 팔은 아무렇게나 힘없이 바닥을 향해 늘어뜨렸습니다. 지나가는 누군가가 희미하게 흔들리는 가로등의 어슴푸레한 조명 아래서 이런 모습을 보았다면 틀림없이 총에 맞은 사람이라고 생각했을 것입니다. 어째서 돌연 이런 환영이 머릿속에 그려졌는지 설명할 수는 없지만, 갑자기 그 환영은 손에 잡힐 듯이 명료하게, 소름 끼치도록 무섭게 눈앞에 다가왔습니다. 저는 정말 순간적으로 그가 총에 맞은 것 아닌가 싶었습니다. 저는 지금 그의 주머니에 분명 권총이 있을 것이며 내일이면 이 벤치나 저 벤치에서 피를 흘리며 숨이 끊어진 모습으로 발견될 거라고 확신했습니다. 그의 꺼질 듯이 주저앉은 모습은 어떤 깊은 곳으로 떨어지는 돌과 같은 모습이었습니다. 이런 돌은 심연에 도달하기 전에는 멈추지 않는 법이랍니다. 저는 피로와 절망을 이렇게 동작으로 실감 나게 표현하는 사람을 결코 본 적이 없습니다.

그렇다면 제가 처한 상황을 좀 상상해 보세요. 그는 미동도 하지 않고 다 망가진 몸으로 벤치에 주저앉아 있었습니다. 반면에 저는 벤치에서 스무 걸음쯤 떨어진 곳에서 도대체 무슨 일이 벌어질지 짐작도 하지 못한 채 우두커니 서 있었고요. 한편으로는 도와주어야 한다는 의지가 앞서면서도 다른 한편으로는 길거리에서 낯선 사내에게 말을 거는 것에 대한, 여성으로서의 두려움이 저를 가로막았습니다. 구름으로 에워싸인 하늘 아래 가스등이 희미하게 깜빡거렸고 지나가는 사람은 드물었습니다. 어느새 자정에 가까워졌기 때문입니다. 이렇게 저는 공원에서 자살이라도 할 것 같은 사람과 함께 있게 되었습니다. 저는 이미 다섯 번, 열 번 심호흡을 하고 그에게 다가가려 했지만, 그때마다 부끄러워하면서 돌아섰습니다. 아니, 추락하는 사람은 본능적으로 도우려는 사람을 채갈 수도 있다는 내밀한 예감 때문에 그렇게 했는지도 모릅니다. 이렇게 마음이 오락가락하는 가운데 저 자신에게마저도 이 상황이 정말 무의미하고 우스꽝스럽게 느껴졌습니다.

그렇지만 저는 그에게 말을 걸거나 무작정 그를 떠날 수 없었습니다. 부디 제 말을 믿어주시기 바랍니다. 끝이 보이지 않는 바다에서 잔물결이 수없이 일렁이며 시간을 파헤치는 동안, 저는 아마도 무한하게 느껴졌던 그 한 시간가량을 마음을 결정하지 못한 채 배회했던 것 같습니다. 한 사내가 완전히 망가진 모습은 제 마음을 깊이 뒤흔들고 사로잡았습니다. 그렇지만 저는 말을 걸거나 그를 위해 나설 용기가 나지 않았습니다. 어쩌면 저는 밤새 기다리며 서 있거나, 아니면 결국은 좀더 영리한 이기심에 따라 집으로 돌아갔을지도 모릅니다. 정말 그랬습니다. 심지어는 이미 무기력에 빠져 비참한 몰골을 하고 있는 남자를 내버려 두고 떠나야겠다고까지 생각했습니다. 하지만 그때 강력한 어떤 것이 저의 망설이는 마음을 떨쳐내 버렸습니다. 갑자기 비가 쏟아지기 시작한 것입니다! 저녁 내내 바람이 불어오더니 바다 위엔 이미 무겁게 습기를 머금은 봄날의 구름이 드리워져 있었습니다. 누구든지 하늘에 저기압이 형성되어 있다는 것을 폐와 심장으로 감지할 수 있었습니다. 이때 빗방울이 후드득 소리 내며 떨어지기 시작했습니다. 이어서 바람에 내몰린 빗줄기가 무겁고 굵은 다발이 되어 떨어져 내렸습니다. 저는 얼른 어느 상점의 차양 밑으로 몸을 피했습니다. 우산을 펼쳤음에도 돌풍이 불어와 제 옷자락으로 굵은 빗방울을 뿌렸습니다. 비가 요란한 소리를 내며 바닥에 떨어졌다가 튕겨 올라서 제 얼굴과 손으로도 빗방울의 차가운 기운을 느낄 수 있었습니다.

하지만 우르르 쏟아지는 소나기 속에서도 그 불행한 남자는 가만히 벤치에 주저앉아 꼼짝하지 않았습니다. 20년이 지난 오늘에 와서 당시를 회상해 보아도 숨이 꽉 막힐 정도로 끔찍한 광경이었습니다. 처마와 차양 아래로 빗물이 쏟아져 내리는 와중에 시내 쪽에서 마차가 큰 소리를 내며 지나가는 소리가 들려왔습니다. 주변 여기저기서 외투를 머리에 뒤집어쓴 사람들이 비를 피해 달려가고 있었습니다. 생명을 지닌 모든 것이 비를 피하려고 몸을 움츠렸고, 숨을 곳을 찾아서 도피했습니다. 사람이나 동물도 다 같이 억수같이 퍼붓는 물세례에 겁을 집어먹었습니다. 오로지 저 검은 뭉치의 인간만이 벤치에서 조금도 움직일 생각을 하지 않고 있었습니다.

이미 말씀드렸습니다만, 그 사람에게는 동작과 몸짓으로 이런저런 감정을 세세하면서도 생동감 있게 만드는 마술사의 재주가 있는 것 같았습니다. 참으로 그 어떤 것, 지상의 그 어떤 것도 엄청나게 쏟아지는 빗속에서 미동도 없이 목석처럼 앉아 있는 존재보다 더 절망, 완전한 자포자기, 산송장의 상태를 충격적으로 표현할 수는 없을 것입니다. 이 남자는 벤치에서 몇 발짝을 걸어가 처마 밑에서 비를 피할 수도 없을 만큼 녹초가 되어 있었습니다. 결국엔 자신의 존재에 대해서도 무관심한 상태였습니다. 미켈란젤로 같은 조각가나 단테 같은 시인조차도 이 땅에서의 최후의 절망과 비참함을 이 살아 있는 인간만큼 감동적으로 느끼게 하지는 못했을 것입니다. 몇 걸음만 움직여도 비를 피할 수 있었건만, 그에게 그런 것은 이미 관심 밖의 일이었습니다. 그는 너무 지쳐서 퍼붓는 빗줄기를 그대로 맞고 있었습니다.

이런 모습을 본 제 마음은 찌릿했습니다. 이제는 진정 어쩔 수가 없었습니다. 저는 급히 쏟아져 내리는 빗속을 뚫고 벤치로 뛰어가서는 빗물에 흠뻑 젖은 그를 붙들고 흔들었습니다. "이봐요!" 저는 그의 팔을 붙잡았습니다. 엉망이 되어 버린 남자가 힘겹게 저를 올려다보았습니다. 그가 천천히 정신을 차리며 뭔가 동작을 취하려는 듯이 보였지만, 제 말을 이해하지는 못했습니다. "정신 좀 차리세요!" 저는 한 번 더 그의 젖은 옷소매를 잡아끌며 답답한 마음에 화를 낼 뻔했습니다.

이때 그는 몸을 휘청거리며 천천히 일어났습니다. "무슨 일이죠?" 그가 이렇게 물었지만, 저는 그 말에 대답할 수가 없었습니다. 저 역시 그를 어떻게 해야 할지 몰랐기 때문입니다. 저는 그저 그가 극도의 절망감 때문에 차가운 빗줄기를 맞으며 무의미하게 자신을 파괴하고 죽으려는 것을 막으려 했을 뿐이었습니다. 저는 삶의 의지가 전혀 없는 남자의 팔을 붙들고는 상점 쪽으로 끌고 왔습니다. 상점 앞에는 좁지만 앞으로 튀어나온 처마가 있어서 광풍을 타고 몰아치는 사나운 빗줄기를 어느 정도 피할 수 있었습니다. 저는 더 이상 어찌할 바를 몰랐고 또 알고 싶지도 않았습니다. 그저 이 남자를 처마 밑으로 데려가려고 했을 뿐, 처음엔 아무 생각도 없었습니다.

이제 우리 둘은 문을 닫은 상점의 벽을 등진 채 나란히 서 있었습니다. 작은 처마 덕분에 빗물에 젖지 않은 마른 땅이 남아 있었던 것입니다. 하지만 떨어지는 비는 여전히 기세를 부리며 쏟아져 내렸습니다. 돌풍을 타고 계속해서 우리의 옷과 얼굴에 심술궂고 사납게 차가운 빗방울을 뿌려댔습니다. 정말 견디기 힘든 상황이었습니다. 그렇다고 비에 흠뻑 젖은 낯선 남자 옆에 계속해서 함께 서 있을 수는 없었습니다. 물론 다른 한편으로 그를 처마 밑으로 데려와 놓고는 말 한마디 없이 이곳에 마냥 세워둘 수도 없는 노릇이었습니다. 무엇이든 해야만 했습니다.

저는 차츰 냉정하게 생각을 가다듬으려고 노력했습니다. 결국 가장 좋은 방법이 무엇일까 생각한 끝에 그를 마차에 태워 숙소로 데려간 다음, 저도 호텔로 가기로 하였습니다. 그러면 이 남자도 내일이 되면 뭔가 해결책을 찾게 되겠지 하고 생각했습니다. 그래서 저는 꼼짝 않고 옆에서 비가 몰아치는 밤하늘을 멍하니 바라보던 그에게 물었습니다. "숙소가 어디에 있나요?"

그가 우물쭈물하다가 대답했습니다. "숙소는 없어요……. 저녁 무렵에야 니스에서 왔으니까……. 숙소로 갈 수야 없지."

저는 그의 마지막 말을 금방 이해하지 못했습니다. 나중에야 비로소 이 남자가 저를…… 그러니까 저를 매춘부로 여겼다는 것을 알아차릴 수 있었습니다. 말하자면 밤이면 행운을 얻은 도박꾼이나 취객들에게 돈을 뜯어내려고 카지노 근처에서 무리를 지어 어슬렁거리는 여자들 가운데 하나로 여겼던 것입니다. 이제야 제가 그 일을 당신께 이야기하고 있습니다만, 그 남자라고 왜 안 그랬겠어요? 제 상황이 얼마나 있을 수 없는 일이고 어처구니없는지 저도 느끼고 있으니, 그 남자가 그렇게 생각하던 것도 당연할 수밖에요. 제가 그를 벤치에서 잡아채어 당연하다는 듯 끌고 간 행동은 정말 숙녀답지 않았습니다. 하지만 그때엔 이런 생각이 당장 떠오르지 않았습니다. 나중에야 비로소, 너무 늦게야 그가 저라는 여자를 말도 안 되게 오해했다는 것을 어렴풋이 짐작할 수 있었습니다. 만일 제가 그때 알아차렸더라면, 그다음부터는 그를 더욱 착각에 빠지게 하는 말들을 결코 하지 않았겠지요. 저는 숙소가 없다는 그에게 이렇게 말했습니다. "그러면 호텔 방 하나를 잡도록 하지요. 여기 이렇게 머물면 안 돼요. 지금은 어디든 머물 곳을 찾아야 해요."

하지만 이번에는 그 즉시 그가 오해하고 있다는 것을 알아차렸습니다. 왜냐하면 그가 제게는 고개도 돌리지 않은 채 비웃으며 돌아섰기 때문입니다. "아니, 방 같은 것은 필요 없어, 더 이상 아무것도 내겐 필요 없다고. 헛수고는 그만두시지, 내게서 나올 것은 아무것도 없으니까. 내게 오다니 잘못 골랐어, 땡전 한 푼 없거든."

그는 다시 무서울 정도로 냉정하게 똑같은 말을 내뱉었습니다. 이때에도 그는 비에 흠뻑 젖은 채 물을 뚝뚝 흘리며 벽에 힘없이 기대 서 있었습니다. 이런 그의 기진맥진한 몰골이 너무나 충격적이어서 저는 약간의 모욕 같은 것을 느낄 시간조차 없었습니다. 그가 카지노의 홀에서 비틀거리며 나가는 것을 본 첫 순간부터, 그리고 절망한 채 비를 맞고 있는 그를 지켜본 이 어처구니없는 시간 동안 제가 줄곧 느낀 것은 단 한 가지였습니다. 즉, 여기 살아 숨 쉬는 젊은이가 죽음의 문턱에 와 있으니 그를 구해야만 한다는 것이었습니다. 저는 그에게 다가갔습니다.

"돈 걱정은 하지 마시고 저를 따라오세요! 여기 머물러 있으면 안 돼요. 제가 머물 곳을 잡아드릴게요. 그러니 아무 걱정하지 말고 이제 저를 따라와요!"

그가 고개를 돌렸습니다. 빗방울이 후드득 소리를 내며 우리 주변에 떨어지고, 우리의 발 쪽으로 빗줄기가 흘러넘치는 동안, 저는 그의 어떤 움직임을 느꼈습니다. 그가 최초로 어둠 한가운데서 제 얼굴을 보려고 애쓰는 것 같았습니다. 마비됐던 그의 몸이 조금씩 깨어나는 것 같았습니다.

그러더니 그는 양보라도 하듯이 몇 마디 말을 내뱉었습니다. "그럼 원하는 대로 하지. 이러든 저러든 나야 상관없으니까⋯⋯. 안 될 게 뭐 있겠어? 갑시다!"

제가 우산을 펼치자, 그는 곁으로 다가와 팔짱을 꼈습니다. 이렇게 갑자기 친밀한 동작을 취하자 저는 불쾌해졌고 몹시 놀랐습니다. 놀라서 가슴이 철렁 내려앉는 것 같았습니다. 그러나 그의 이런 태도를 거부할 용기는 나지 않았습니다. 만약 제가 그를 지금 뿌리친다면 그는 심연으로 떨어질 테고, 제가 이제까지 노력한 것이 모두 허사가 될 수도 있었기 때문입니다. 우리는 조금 걸어서 카지노가 있는 쪽으로 돌아갔습니다. 그제야 비로소 이 남자를 어떻게 해야 할지 저도 모른다는 사실이 문득 떠올랐습니다. 얼른 생각해 보니 그를 호텔로 데려가는 것이 급선무일 것 같았습니다. 그런 다음 거기서 돈을 주어 하룻밤 묵게 한 후, 내일 집으로 돌아가게 하는 것이 좋을 듯했습니다. 그다음 일은 생각하지도 않았습니다.

　이때 마차들이 카지노 앞을 지나가고 있었습니다. 저는 마차 한 대를 불러 세우고, 그와 함께 마차에 올랐습니다. 마부가 어디로 가냐고 묻자, 저는 처음엔 대답하지 못했습니다. 온통 젖은 몸으로 물을 뚝뚝 흘리고 있는 제 곁의 남자를 고급 호텔에서는 받아주지 않을 수도 있다는 생각이 불현듯 뇌리를 스쳤던 것입니다. 하지만 제가 세상사에는 너무 미숙한 여자라서 오해의 여지가 있다는 생각은 하지도 못한 채 마부에게 외쳤습니다. "어디든 호텔이면 그리로 가 주세요!"

　마부는 쏟아지는 비를 그대로 맞으며 침착하게 말을 몰았습니다. 옆에 앉은 낯선 남자는 말 한마디 없었습니다. 마차 바퀴는 덜컹대며 구르고 있었고, 빗줄기가 후드득 거세게 창유리를 때렸습니다. 저는 마치 관처럼 어둡고 불빛이 없는 네모난 마차 안에서 시체와 함께 가고 있는 것 같았습니다. 이 남자와 말없이 함께 있는 것이 이상하고 두려웠습니다. 그래서 어떤 말이든 적당한 말을 찾아내어 마차 안에 무겁게 드리운 분위기를 가볍게 해보려고 숙고했지만, 아무 말도 떠오르지 않았습니다. 몇 분 뒤에 마차가 정지했습니다. 저는 먼저 내려서 마부에게 비용을 치렀습니다. 그사이에 낯선 남자는 잠에 취한 듯 문을 꽝 닫으며 마차에서 내렸습니다. 마침내 우리는 어느 이름 모를 작은 호텔 문 앞에 서 있었습니다. 우리 머리 위로는 유리로 된 둥근 처마가 세워져 있었습니다. 그리 큰 공간은 아니었지만 비를 막아주기에는 충분했습니다. 지겹도록 단조로운 빗줄기는 헤아릴 수 없이 캄캄한 밤의 적막을 뚫고 계속 쏟아져 내리고 있었습니다.

　몸이 무거웠던 건지, 이 낯선 남자는 자신도 모르게 벽에 기대고 있었습니다. 비에 젖은 모자와 구겨진 옷에서 물이 뚝뚝 떨어지고 있었습니다. 그는 강에서 건져낸 익사체처럼 감각이 마비되기라도 한 듯 멍하니 서 있었습니다. 그가 기대고 선 자리 주변에 흘러내린 빗물이 실개천을 이루고 있었습니다. 그러나 그는 모자에 고인 빗물조차 털어내려 하지 않았습니다. 모자 사이에서 흘러내린 물이 줄줄 이마와 얼굴을 타고 내려오는데도 말입니다. 이렇게 서 있는 남자의 모습은 세상사를 다 잊은 사람 같았습니다. 이렇게 완전히 망가진 상태를 보며 저는 형용할 수 없을 정도로 큰 충격을 받았습니다. 그러나 뭔가 해야 할 때가 왔습니다. 저는 지갑에서 돈을 꺼내며 말했습니다. "여기 100프랑입니다. 이 돈으로 방을 구하고, 내일 니스로 돌아가세요."

　그가 놀란 눈으로 저를 응시했습니다. 저는 그가 우물쭈물하는 것을 알아차리고 급히 말했습니다. "저는 카지노에서 당신을 자세히 살펴봤어요." 그런 다음 말을 이었습니다. "당신이 가진 돈을 모두 잃었다는 것을 알고 있습니다. 하지만 혹시 어리석은 짓이라도 선택할까 봐 걱정했어요. 도움을 받는다는 것은 부끄러운 일이 아니랍니다……. 자, 돈을 받으세요!"

　하지만 그는 제가 생각지도 못했던 힘으로 제 손을 밀어냈습니다. "착한 여자군요." 그가 말했습니다. "그러나 돈을 낭비하지는 마십시오. 더 이상 나를 도울 수는 없으니까. 오늘 밤 잠을 자든 않든 전혀 다르지 않아요. 내일이면 어쨌든 모든 게 끝납니다. 나를 도울 수 없다고요!"

"아니요, 이 돈을 받아요!" 저는 그를 다그치듯 말했습니다. "내일이면 생각이 달라질 거예요. 지금은 일단 방으로 올라가서 푹 자도록 하세요. 날이 밝으면 세상이 달라져 있을 거예요."

하지만 다시 돈을 받아야 한다고 제가 다그치자 그는 제 손을 완강하게 뿌리쳤습니다. "그만둬요!" 그는 다시 한번 퉁명스럽게 대답했습니다. "다 쓸데없습니다. 이곳 방을 피로 더럽히기보다는 차라리 밖에서 끝내는 편이 나아요. 내게는 100프랑이든 1,000프랑이든 도움이 되지 않으니까. 내일이면 나는 또 최후의 몇 푼을 가지고 노름하러 갈 테고 몽땅 잃기 전에는 그만두지 않을 겁니다. 왜 또 같은 짓을 해야 하냐고요, 이젠 지쳤습니다."

이 볼멘소리가 얼마나 마음속을 파고들었는지 당신은 추측도 할 수 없을 거예요. 하지만 이런 제 마음을 헤아려보세요. 당신 바로 앞에 생기발랄하고 쾌활한 젊은이가 서 있어요. 그런데 당신이 전력을 다해 보살피지 않으면, 생각하고 말하고 호흡하는 이 청춘은 두 시간 안에 시체가 될 것이라는 사실을 안다고 가정해 보세요. 이때 저는 흥분하고 화가 치밀어 올라서 무의미하게 저항하는 이 젊은이의 고집을 누르고 싶었습니다. 저는 그의 팔을 꽉 잡았습니다. "그런 어리석은 소리는 그만해요! 이제 위로 올라가서 방을 얻어요. 그러면 내일 제가 아침에 와서 역으로 데려다 드릴게요. 당신은 이곳을 떠나서 내일 중으로 집에 가야 합니다. 당신이 차표를 가지고 기차에 오르는 것을 볼 때까지 제가 계속 지켜볼 거예요. 젊은 사람이라면 몇백 프랑이나 몇천 프랑을 잃었다고 해서 자신의 생명을 함부로 버려서는 안 됩니다. 그건 비겁한 행동입니다. 화가 나고 비통해서 저지르는 멍청한 히스테리에 불과해요. 내일이면 제 말이 옳다는 걸 인정할 것입니다, 내일이면!"

"내일!" 그는 기이할 정도로 음울하면서도 빈정대는 말투로 '내일'이라는 말을 강조했습니다. "내일 내가 어디 있을지 알기나 할까? 그걸 알 수가 있다면…… 나도 그걸 알고 싶어 견딜 수가 없다니까. 아니, 그만 집에나 가봐요! 이보십시오, 쓸데없이 애쓰지 말고, 돈도 그만 낭비하십시오."

그러나 저는 더 이상 물러서지 않았습니다. 저의 내면에서 광기 또는 광분 같은 어떤 것이 치밀어 올랐던 것입니다. 저는 그의 손을 잡고 지폐를 쥐어 주었습니다. "돈을 가지고 곧장 올라가요!" 이렇게 말하는 동시에 저는 단호히 호텔 문 앞으로 다가가서 초인종을 눌렀습니다. "자, 지금 초인종을 눌렀으니 곧 호텔 안내원이 올 거예요. 올라가서 주무세요. 내일 아침 9시에 제가 이곳에서 기다리고 있다가 곧 당신을 역으로 데려갈게요. 더 이상 걱정하지 말아요. 당신이 집으로 돌아가도록 필요한 일은 제가 처리하겠습니다. 그러나 지금은 일단 누워서 푹 잠들고, 더 이상 아무것도 생각하지 마세요!"

이 순간 현관 안에서 열쇠 소리가 나더니 호텔 안내원이 현관문을 열었습니다. 이때 갑자기 그 젊은이가 단호하면서도 무뚝뚝하고 성난 목소리로 말했습니다. "들어오십시오!" 제 손목이 그의 손가락에 꽉 붙잡혔다는 것을 느꼈습니다. 저는 경악했습니다. 너무 경악한 나머지 벼락을 맞은 것처럼 전신이 마비되었습니다. 온몸의 감각이 사라져버렸습니다……. 저는 저항하면서 손을 뿌리치려고 했습니다. 그러나 제 의지는 마비된 것 같았습니다. 그런데 저는…… 당신은 이해할 것이라고 생각합니다만, 저는…… 저는 문을 열고 초조하게 기다리는 호텔 안내원 앞에서 낯선 남자와 다투는 모습을 보여주는 것이 창피했습니다. 그러다 보니 어느새 호텔 안에 들어와 있었습니다. 말을 하려고, 무슨 말을 하려고 했으나 목이 막혀서 목소리가 나오질 않았지요……. 그의 손이 제 팔을 무겁게 누르고 있었습니다. 저는 그 손에 붙잡혀 저도 모르게 계단을 오르고 있음을 어렴풋이 감지했습니다. 이어서 호텔 방 앞에서 열쇠 소리가 들렸습니다.

이렇게 해서 저는 갑자기 낯선 남자와 지금까지도 어딘지 이름을 모르는 호텔 방 안에 단둘이 남게 되었던 것입니다.

C 부인은 다시 이야기를 중단하고 자리에서 벌떡 일어섰다. 목이 메인 탓에 더는 말이 나오지 않는 것 같았다. 그녀는 창가로 걸어갔다. 그러고는 몇 분 동안 말없이 밖을 내다보고 있는 듯했는데, 어찌 보면 이마를 차가운 유리창에 기대고 있는 것 같기도 했다. 나는 그녀의 얼굴을 자세히 쳐다볼 용기가 나지 않았다. 왜냐하면 흥분한 노부인의 모습을 바라보는 것이 고통스러웠기 때문이다. 그래서 나는 물어보지도 않고 아무 소리도 내지 않았다. 그저 자리에 앉아 기다렸다. 이윽고 부인은 다시 조신한 발걸음으로 돌아와서는,

내 앞에 마주 앉았다.

　이렇게 저는 가장 난처한 이야기를 털어놓았습니다. 당신께 또 한 번 분명히 하는 바와 같이 부디 제 말을 믿어주시기 바랍니다. 저는 소중한 모든 것을 걸고, 제 명예와 제 아이들까지도 걸고 맹세할 수 있습니다. 저는 호텔에서의 그 순간까지도 이 낯선 사람과 그러니까…… 어떤 관계를 갖는다는 생각은 단 한 번도 해본 적이 없었습니다. 저는 솔직히 의지가 박약한 상태에서, 완전히 의식이 없는 상태에서 제 삶의 평탄한 길을 벗어나 어두운 통로를 지나가듯이 이런 상황에 빠져들었던 것입니다. 저는 당신과 제 자신에게 진실하겠다고 맹세한 바 있습니다. 그러므로 저는 사적인 감정 따위와는 상관없이 그저 돕겠다는 강한 의욕 때문에 비극적 모험에 빠져들었으며, 이런 모험을 바라거나 기대하지도 않았다는 것을 당신께 다시 말씀드립니다.

　그날 밤 호텔 방에서 어떤 일이 일어났는지는 이야기하지 않으렵니다. 저는 한순간도 그날 밤을 잊은 적이 없으며, 결코 잊지 않을 것입니다. 그날 밤 저는 한 인간의 생명을 지키기 위하여 싸웠기 때문입니다. 거듭 말씀드리지만 이 싸움에는 삶과 죽음이 걸려 있었습니다. 저는 이미 반쯤 실성한 이 낯선 청년이 최후의 무엇인가를 잡으려고 했다는 것을 온몸으로 분명히 감지했습니다. 이는 죽음이 임박한 자가 모든 열망과 열정을 태우는 것과도 같았습니다. 말하자면 그는 자신에게 깊은 심연이 드리워져 있다는 것을 느끼면서 제게 달라붙었던 것입니다. 저는 전력을 다하여 그를 구하려고 안간힘을 썼습니다. 이런 순간을 인간은 어쩌면 평생에 단 한 번 체험하는 것인지도 모릅니다. 아니, 이런 순간을 겪는 것은 몇백만 명 중에 단 한 사람뿐일지도 모릅니다.

저 역시도 이 무서운 우연이 아니었더라면 모든 것을 포기하고 실성한 인간이 얼마나 열광적이고 필사적으로, 끝없는 탐욕으로 생명의 마지막 붉은 피 한 방울까지 빨아 마시는지를 전혀 헤아리지 못했을 것입니다. 저는 20년 동안 모든 마성적인 힘과는 거리를 두고 살아왔습니다. 이런 저로서는 이따금 자연이 얼마나 훌륭하고 환상적으로 자체의 열기와 차가움, 죽음과 삶, 도취와 절망을 몇 번의 짧은 호흡으로 농축하는지를 조금도 이해할 수 없었을 것입니다. 그날 밤을 가득 채운 것은 다툼과 대화, 열정과 분노와 증오, 맹세의 눈물과 도취였습니다. 이 모든 것이 교차하면서 하룻밤 사이에 천년이 흘러간 것 같았습니다. 서로 뒤엉킨 채 심연으로 비틀거리며 떨어지던 우리 두 사람 중 한 명은 죽으려고 날뛰었고, 다른 한 명은 앞일을 전혀 알지 못하는 상태였습니다. 하지만 우리는 이 죽음의 혼란을 통하여 새롭게 태어났습니다. 전과는 다른 감각과 다른 감정을 지닌 새로운 모습으로 변화하게 되었습니다.

그러나 저는 그 밤에 대하여 더 이상 말하지 않겠습니다. 그 일을 묘사할 수도 없고 묘사하고 싶지도 않습니다. 단지 제가 아침에 깨어나서 겪은 그 특별한 1분에 대해서는 당신에게 대략적으로나마 이야기하렵니다. 저는 아침에 무엇인가에 억눌린 것 같은 잠, 결코 경험하지 못한 깊은 밤의 무게로부터 깨어났습니다. 눈을 뜨기까지는 상당한 시간이 걸렸습니다. 그런데 제 눈에 제일 먼저 들어온 것은 낯선 천장이었습니다. 계속 더듬듯이 살펴보자 아주 낯설고 생소하며 어떻게 들어왔는지조차 알지 못하는 누추한 공간이 나타나는 것이었습니다. 처음에는 이게 꿈일 거라고 중얼거려 보았습니다. 아주 둔하고 어수선한 잠에서 솟아올라 서서히 밝아지고 뚜렷하게 펼쳐지는 꿈일 것이라고 혼잣말을 해보았습니다.

하지만 창가에는 이미 햇살이 환하게 밝아오고 있었습니다. 오해의 여지 없이 현실적인 아침 햇살이 비치고 있었습니다. 호텔 방 아래쪽 거리에서는 마차의 덜커덩거리는 소리, 전찻길에서 나는 종소리, 사람들의 떠드는 소리가 들려왔습니다. 이제야 저는 꿈을 꾸고 있는 것이 아니라 깨어 있다는 것을 깨달았습니다. 저도 모르게 정신을 차리려고 몸을 일으켜 세웠습니다. 그때…… 고개를 돌리자 제 눈에 보이는 것은…… 넓은 침대에서 제 옆에 누워 잠자는 낯선 남자였습니다. 제가 얼마나 소스라치게 놀랐는지 당신에게 설명할 길이 없습니다. 낯설기 짝이 없는 남자, 처음 보는 것 같은 남자가 반벌거숭이로 옆에서 자고 있었던 것입니다.

아, 기가 막힐 일이었지요! 이 경악스러운 일을 어떻게 형용해야 할지 저는 알 수가 없습니다. 저는 너무나 경악스러워 힘없이 자리에 다시 쓰러지고 말았습니다. 완전히 혼절하여 더는 아무것도 모르게 된다면 좋았으련만, 사정은 정반대였습니다. 모든 일이 번개처럼 뇌리를 스치며 명확하게 떠오르는 것이었습니다. 저는 수치심에 떨며 그저 죽고 싶은 심정이었습니다. 생면부지의 남자와 수상한 싸구려 호텔의 낯선 침대에 함께 있다니 부끄럽기 이를 데가 없었습니다. 제 심장이 잠시 멈추었다는 것을 아직도 뚜렷이 기억합니다. 이때 저는 호흡을 중단해 보았는데, 이렇게 함으로써 무엇보다 제 생명만이 아니라 제 의식도 없앨 수 있을 것 같았습니다. 이 명료하고 잔인할 정도로 뚜렷한 의식은 모든 걸 알아보았지만, 정작 이해할 수 있는 것은 아무것도 없었습니다.

제가 얼마나 오랫동안 사지가 얼음장처럼 차가운 상태로 누워 있었는지는 전혀 알 수 없습니다. 틀림없이 관 속에 빳빳하게 누워 있는 시체와도 흡사했을 것입니다. 제가 알고 있는 것은 다만 하느님에게, 하늘에 계신 어떤 권력자에게 이 일이 제발 꿈이기를, 현실이 아니기를 하고 간절히 기도했다는 사실 뿐입니다. 그러나 저의 날카로워진 감각을 더는 기만할 수가 없었습니다. 옆방에서는 투숙객들의 두런거리는 소리와 물 흐르는 소리가 들려왔습니다. 바깥 복도에서는 지나가는 사람들의 발걸음 소리가 들려왔습니다. 이런 소리를 모두 들을 수 있다는 사실이 잔인하게도 제가 깨어 있음을 명백히 증명하고 있었습니다.

이 진저리나는 상태가 얼마나 길었는지 알 수 없습니다. 이런 순간은 생활 속에서 측정되는 시간과는 다르기 때문입니다. 하지만 갑자기 다른 두려움, 저를 무섭게 추적하기라도 할 것 같은 두려움이 덮쳐왔습니다. 그것은 이름도 모르는 이 낯선 남자가 지금 잠에서 깨어나서 제게 말을 걸 수도 있으리라는 두려움이었습니다. 저는 즉시 그가 깨어나기 전에 옷을 입고 달아나야 한다는 사실 하나만을 깨달았습니다다.

이제 제 머릿속은 빠르게 회전하기 시작했습니다. '더는 그의 눈에 띄어서는 안 되고, 그에게 말을 걸어서도 안 된다. 제때 이곳을 피해 떠나야 한다, 얼른 떠나서 내 자신의 고유한 삶으로, 내가 묵는 호텔로 돌아가야 한다. 그런 다음 즉시 다음 기차로 이 저주스러운 장소, 아니 이 나라를 떠나자. 그러면 더 이상 그를 만날 일은 없을 것이며, 더 이상 그와 눈을 마주칠 일도 없을 것이다. 증인이 없으니 비난할 사람도 없을 테고, 내막을 아는 사람도 없을 것이다.' 이렇게 생각하니 제 안에서 무기력한 상태가 사라지기 시작하더군요. 저는 아주 조심스럽게 도둑처럼 살그머니, 미세한 소리도 내지 않고 침대에서 내려와 옷을 더듬어 찾았습니다. 그런 다음 혹시라도 그가 깰까 떨면서 아주 조심스럽게 옷을 입었습니다. 어느새 옷을 다 입었고 일이 순조롭게 풀리는 것 같았습니다. 이제는 제 모자만이 침대 맞은편에 놓여 있었습니다. 저는 발꿈치를 들고 살금살금 다가가서 모자를 집어 들었습니다.

이 순간 저는 이 낯선 남자의 얼굴을 또 한 번 쳐다보지 않을 수 없었습니다. 그럴 수밖에 없는 게, 그는 기둥에서 돌조각이 떨어지듯 제 삶으로 추락해 들어왔으니까요. 그저 한 번만 쳐다보려고 했습니다. 하지만…… 정말 기이한 일이었습니다. 침대 위에 잠자고 있는 사람은 낯선 젊은이였습니다. 제게는 정말 낯설기만 한 얼굴이었습니다. 얼핏 보아서는 어제의 얼굴을 전혀 알아볼 수 없었습니다. 죽을 만큼 흥분했던 남자의 얼굴, 열정을 못 이겨 경련하며 부르르 떨던 얼굴이 지금은 완전히 사라지고 없었기 때문입니다. 이 사람은 전혀 다른 얼굴, 완전히 어린아이나 소년과 같은 얼굴을 하고 있었습니다. 그의 얼굴에서는 순수하고 명랑한 빛이 감돌고 있었습니다. 어제는 화가 나서 치열 사이 붙어 있던 입술이 지금은 부드럽게 열린 채 꿈을 꾸며 살짝 웃는 듯 동그랗게 말려 있었습니다. 주름살 하나 없는 이마는 부드럽게 물결치는 금발 머리로 덮여 있었습니다. 그런가 하면 가슴으로 숨을 쉴 때마다 잔잔한 물결이 코에서 퍼져 나오며 잠자는 육체를 스치고 지나갔습니다.

아마 기억하실 것입니다. 노름판에 있을 때의 이 낯선 남자처럼 무절제하게 범죄적 성향을 드러내며 탐욕과 열정을 표출하는 사람을 본 적이 없다고 말했던 것을요. 그런데 저는 참으로 이처럼 밝고 순수한 모습으로 행복한 선잠에 빠진 모습을 - 물론 잠든 젖먹이 아기는 천사처럼 해맑은 빛을 띠고는 있지만 - 어린아이들에게서도 본 적이 없다고 말씀드릴 수 있습니다. 그 얼굴에는 온갖 감정이 아주 선명한 형태로 드러나 있었습니다. 이는 내면의 중압감으로부터 벗어나 긴장에서 완전히 풀려난 모습, 구원받은 자의 모습이었습니다. 이렇게 놀라운 광경을 보고 저는 무거운 검은 외투를 벗어 던지듯 저의 온갖 불안과 두려움을 떨쳐냈습니다.

저는 더 이상 부끄러워하지 않았습니다. 아니, 즐거워지기 시작했습니다. 무시무시하고 도저히 이해할 수 없는 일이 갑자기 제게 의미 있는 일이 되었기 때문입니다. 이런 젊은이를 도왔다고 생각하니 흐뭇하고 자랑스러워졌습니다. 여기 한 송이 꽃처럼 밝고 조용히 잠든, 이 여리고 아름다운 청년은 저의 헌신이 없었다면 온몸이 조각난 채 피를 흘리고 있었을 것입니다. 어쩌면 짓이겨진 몰골로 눈을 부릅뜬 채 주검이 되어 어느 암벽 기슭에서 발견되었을지도 모릅니다. 내가 그를 구했고, 그는 구원을 받은 거야, 저는 이렇게 마음속으로 부르짖었습니다.

저는 ─ 달리 표현할 수가 없는데 ─ 어머니와 같은 눈길로 잠자는 청년을 바라보았습니다. 제 친자식들보다 더 고통스럽게 낳은 또 하나의 생명을 그에게 준 셈이었으니까요. 우스꽝스럽게 여기실지도 모르지만, 낡고 누추하며 더럽고 구역질나는 이 호텔 방 한가운데서 저는 갑자기 교회에 와 있기라도 한 것 같은 느낌을 받았습니다. 제가 기적과 신성에 의해 축복받은 존재라도 된 것 같았습니다. 제 인생에서 가장 끔찍했던 순간으로부터 가장 놀랍고 가장 멋진 순간이 생겨난 것입니다.

제가 너무 소란스럽게 움직였을까요? 저도 모르게 무슨 말을 내뱉기라도 했을까요? 저도 알 수 없지만, 자던 그가 갑자기 눈을 떴습니다. 저는 기겁을 하며 뒷걸음질 쳤습니다. 그는 멍한 표정으로 주변을 둘러보았습니다. 조금 전에 제가 그랬듯이 이 청년도 무시무시한 심연과 혼란으로부터 어떻게든 뚫고 나오려는 것 같았습니다. 그의 눈빛은 힘겹게 어딘지 알 수 없는 낯선 방 안을 배회했습니다. 그러다가 저를 향하더니 놀란 듯 움찔했습니다. 그러나 그가 말문을 열거나 완전히 정신을 차리기 전에 저는 마음을 가다듬었습니다. 즉 이렇게 다짐했습니다. '그가 말을 하거나 질문을 하지 못하게 하자. 친밀한 관계를 허용해서는 안 되며, 또 한

번 이런 일을 되풀이해서도 안 된다. 어제저녁에 일어났던 일을 설명하거나 이야기하지도 말자.'

저는 서두르며 "이제 가야 해요"라고 그에게 말했습니다. "당신은 이곳에 머물다가 옷을 입고 기다리세요. 12시에 카지노 입구에서 만나기로 해요. 앞으로의 모든 일들은 제가 처리하겠어요."

그가 대답하기도 전에 저는 부리나케 방에서 뛰쳐나왔습니다. 더는 그 방을 보지 않으려고 말입니다. 그런 다음 뒤도 돌아보지 않고 호텔에서 달려 나왔습니다. 아직도 저는 거기서 하룻밤을 같이 보낸 낯선 남자의 이름과 마찬가지로 호텔의 이름도 알지 못합니다.

C 부인은 잠시 숨을 내쉬며 이야기를 멈췄다. 하지만 그녀의 목소리에서 울려 나오던 모든 긴장과 고통은 사라졌다. 힘들게 산마루를 오르던 마차가 정상에 도달하면 쉽게 바퀴를 굴리며 순식간에 낮은 경사로를 내려가듯이, 이제 그녀의 이야기는 편안한 어조로 순조롭게 진행되었다.

자, 이렇게 저는 동이 트는 거리를 지나 제가 묵었던 호텔로 갔습니다. 폭우로 하늘에 낀 모든 불순한 것이 없어지듯이 이제 저의 고통스러운 감정도 말끔히 사라졌습니다. 제가 맨 처음에 이야기했던 것을 잊지 않으셨겠지요? 저는 남편이 죽은 후 삶을 완전히 포기하다시피 했습니다. 자식들은 저를 필요로 하지 않았고, 저 자신도 스스로 원하는 것이 없었습니다. 어떤 특정한 목표 없이 살아가는 삶은 모두

오류입니다. 이제 저는 예기치 않게 생전 처음으로 하나의 과제가 생겼습니다. 저는 전력을 다하여 이 남자를 파멸의 위험에서 끌어냄으로써 한 인간을 구원했습니다. 이제 간단한 일만 극복하면 되었고, 그러면 저의 임무 또한 종결될 것이었습니다.

저는 제가 묵었던 호텔로 서둘러 갔습니다. 호텔 짐꾼은 제가 아침 9시가 되어서야 돌아오자 이상한 눈빛으로 바라보며 제게 다가왔습니다. 하지만 제게 이미 벌어진 사건에 대한 수치심이나 분노의 감정은 더 이상 없었습니다. 그보다는 오히려 삶의 의지가 갑자기 다시 솟구쳤습니다. 예기치 않게 제가 필요한 존재라는 감정이 혈관을 타고 뜨겁게 흘렀습니다. 저는 방에서 얼른 옷을 갈아입었습니다. 그런데 저도 모르는 사이 우중충한 상복을 벗고 밝은색 옷으로 갈아입었다는 것을 나중에야 알아챘습니다. 그러고는 은행으로 가 돈을 인출했으며, 기차가 언제 출발하는지 알아보려고 서둘러 역으로 갔습니다. 그 밖에 스스로도 놀랄 만큼 결단력 있게 몇 가지 볼일과 약속도 처리했습니다. 이제는 오직 한 가지만 남아 있었습니다. 그것은 운명이 제게 던져준 사람을 기차로 떠나게 하여 종국적으로 구원의 과제를 끝내는 일이었습니다.

물론 이 남자와 개인적으로 부딪치기 위해서는 힘이 필요했습니다. 그도 그럴 것이 어제 있었던 모든 일은 어둠 속에서 벌어졌고, 마치 급류에 떠내려가던 두 개의 돌이 갑자기 부딪치듯 큰 소용돌이 속에서 일어났기 때문입니다. 게다가 우리는 서로 얼굴을 맞댄 적도 없었기에 그 낯선 젊은이가 저를 알아볼지도 확실하지 않았습니다. 어제의 일은 전적으로 우연이었습니다. 어리둥절한 두 인간이 술에 취해 벌인 것과 같은 광분의 사건이었습니다. 그러나 오늘은 어제보다 더 솔직하게 저를 그에게 내보일 필요가 있었습니다. 왜냐하면 이제는 노골적으로 밝은 대낮에 저라는 사람 자체로 얼굴을 드러내고, 살아 있는 인간으로서 그와 만나야 했기 때문입니다.

그러나 모든 일은 제가 생각한 것 이상으로 쉽게 진행되었습니다. 약속한 시각에 카지노로 가자, 어느 젊은이가 벤치에서 벌떡 일어나 제게 다가오는 것이었습니다. 그의 놀라워하거나 힘차게 말하는 동작은 상당히 자연스럽고 천진했습니다. 그는 어떤 의도도 드러내지 않았습니다. 그저 즐거워 보였습니다. 이 젊은이는 고마워하는 동시에 존경의 표정을 지으며 기쁨이 가득한 눈을 반짝이며 제게 달려왔습니다. 이어서 제가 당황해하는 것을 느끼고는 공손히 눈을 내리깔았습니다. 우리는 사람들에게서 고마워하는 마음을 잘 알아차리지 못할 때가 많은 법입니다. 고마운 마음을 가슴에 담고 있는 사람들조차도 그 마음을 어떻게 표현해야 할지 잘 모르니까요. 그들은 당황해하며 침묵하거나 부끄러워하고, 때로는 이런 감정을 숨기려 무뚝뚝한 태도를 보이기도 합니다. 그러나 신비로운 조각가와도 같은 신은 감정의 모든 동작을 감각적이면서도 아름답고 조형적으로 빚어냈나 봅니다. 그래서일까요. 이 사람의 감사함의 표현은 마치 열정적인 몸짓처럼 육체의 깊은 곳에서부터 환한 빛을 냈습니다. 그는 제 손등 위로 고개를 숙였습니다. 그러더니 소년처럼 갸름한 머리를 겸손하게 낮춘 후, 거의 1분 동안이나 그렇게 있다가 제 손가락에 정중히 가벼운 입맞춤을 하였습니다. 그런 다음에야 다시 뒤로 몇 걸음 물러서서 제 안부를 묻고는, 감동 어린 눈빛으로 저를 바라보았습니다.

그의 말이 매번 아주 정중했기에 제가 궁극적으로 우려하던 것은 몇 분 후 사라져 버렸습니다. 주변의 풍경은 마치 거울처럼 제 자신의 밝아진 감정을 반사하고 있었고, 완전히 미몽에서 벗어난 듯 반짝이고 있었습니다. 어제만 해도 화를 내며 포효하던 바다는 조용하면서도 잔잔하게 빛을 반사하며 펼쳐져 있었습니다. 잔잔하게 물결치는 파도 아래서 하얀 조약돌이 아른거리는 것이 여기 있는 우리에게까지도 보였습니다. 지옥의 늪과도 같았던 카지노도 깨끗하게 씻겨 내려간 파란 하늘 아래서 눈부시게 빛나고 있었습니다. 어제, 쏟아지던 빗줄기를 피하게 해준 차양 달린 상점은 오늘 보니 꽃집이었습니다. 그곳에서는 희고, 붉고, 초록인 꽃들이 다채롭게 한데 어울려 넓은 정원을 이루고 있었습니다. 불그스레한 블라우스를 입은 젊은 아가씨가 꽃을 팔고 있었습니다.

저는 그를 작은 식당으로 데려가 함께 점심 식사를 했습니다. 거기서 이 낯선 젊은이는 자신의 비극적인 모험에 관해 이야기했습니다. 그가 들려준 이야기는 처음 그의 손이 녹색 테이블로 된 도박판 위에서 신경질적으로 떨리는 것을 보며 예상했던 것을 그대로 입증하고 있었습니다. 그는 폴란드의 유서 깊은 귀족 출신이었고, 외교관으로서 경력을 쌓을 생각이었습니다. 이를 위해 빈에서 대학 교육을 마치고, 한 달 전에 최고의 성적으로 1차 시험에 합격했습니다. 그는 삼촌 댁에 거주하고 있었습니다. 사령부의 영관 장교였던 삼촌은 시험에 합격한 것을 축하하기 위하여 그와 함께 마차를 타고 프라터 공원을 지나 경마장으로 갔습니다. 삼촌은 운이 좋았는지 경마에서 연속해서 세 번을 이겼습니다. 그 상금으로 얻은 두툼한 돈뭉치로 그들은 우아한 레스토랑에서 저녁 식사를 할 수 있었습니다.

그다음 날 이 풋내기 외교관은 아버지로부터 시험에 합격했다는 이유로 한 달 월급에 해당하는 돈을 받았습니다. 만일 이틀 전이었다면, 그는 이 돈을 엄청난 거액이라고 생각했을 것입니다. 그러나 돈 벌기를 쉬운 일로 여기는 지금에서는 소액에 불과했습니다. 그는 저녁 식사를 마친 후 다시경마장에 가서는 광분하며 돈을 걸었습니다. 운이 좋았는지나빴는지 모르지만 최종 경기가 끝난 후 그는 베팅한 돈의세 배를 가지고 프라터 공원을 떠났습니다. 이제 그는 노름에 미치게 되었습니다. 때로는 경마장에서, 때로는 카페에서, 때로는 클럽에서 노름에 열광하는 바람에 그는 시간을소모했습니다. 급기야 학업을 중단해야 했으며, 신경은 날카로워지고 돈도 탕진하게 되었습니다. 그는 더 이상 제대로 생각할 수도, 잠을 푹 잘 수도 없게 되었고, 자신을 조금도 절제할 수 없게 되었습니다.

어느 날 밤 그는 돈을 모두 잃고 클럽에서 집으로 돌아왔는데, 옷을 갈아입을 때 잊고 있던 구겨진 지폐 한 장을 조끼주머니에서 발견했습니다. 그는 도저히 참을 수가 없었습니다. 그래서 다시 옷을 입고 여기저기 떠돌다가 어떤 카페에서 몇 사람이 도미노 게임을 하는 것을 발견하고는, 동이 틀 때까지 그들과 게임을 벌였습니다. 언젠가는 고리대금업자에게 빌린 돈을 시집간 누이의 도움으로 갚기도 했습니다. 고리대금업자들은 대단한 귀족 가문의 상속자인 그에게 언제든지 원하기만 하면 돈을 빌려주었습니다. 한동안 그에게는 노름 운이 따랐으나, 그것도 오래 가지 않았습니다. 돈을 잃으면 잃을수록 그의 신용은 떨어졌으며, 명예를 지키려면 약속한 기한 내에 돈을 따서 구원받아야만 했습니다. 그의 시계와 의복은 이미 저당 잡힌 지 오래되었습니다.

마침내 끔찍한 사건이 터지고야 말았습니다. 연로한 숙모가 극히 귀중히 여겨 잘 달고 다니지 않던 두 개의 커다란 귀고리를 옷장에서 몰래 훔친 것입니다. 그는 귀고리 하나를 저당 잡아 큰돈을 마련했고, 그날 밤 그것으로 노름을 해서 네 배를 벌었습니다. 그러나 그 돈으로 귀고리를 찾지 않고 노름에 다시 전액을 걸었다가 몽땅 잃고 말았습니다. 그가 이곳으로 출발할 때는 그의 도둑질이 아직 발각되지 않은 상태였습니다. 그래서 그는 두 번째 귀고리를 저당 잡고는, 돌발적인 영감에 따라 룰렛에서 일확천금을 딸 꿈을 꾸며 몬테카를로행 기차를 탔던 것입니다. 이미 여기서 그는 트렁크뿐만이 아니라 옷과 우산도 팔았습니다. 그러다 보니 네 발의 총알이 든 권총과 그의 대모인 X 후작 부인에게서 받은 보석 박힌 작은 십자가 외에는 아무것도 남아 있지 않았습니다. 하지만 이 십자가마저도 전날 오후에 50프랑에 팔았습니다. 오로지 저녁에 이 돈으로 생사를 건 노름의 짜릿한 즐거움을 맛보기 위해서였습니다.

이 모든 이야기를 그는 창조적 역동성을 지닌 젊은이로서 아주 매혹적으로 들려주었습니다. 저는 그의 이야기에 놀라움과 아찔한 재미를 느끼며 귀를 기울였습니다. 그러나 단 한 순간도 같은 식탁에 앉은 이 사람이 도둑이라는 사실에 분노를 느끼지 않았습니다. 사실 저는 그동안 흠결 없이 살아왔고 타인에게는 사회적으로 매우 엄격하게 관습적인 품위를 지킬 것을 요구해 왔습니다. 만일 누군가가 이런 저에게 훗날 진주 귀고리를 훔친, 자식뻘인 생면부지의 청년과 친근하게 지내게 될 것이라고 말했더라면, 저는 아마도 그를 정신 나간 사람으로 간주했을 것입니다. 그러나 저는 그의 이야기를 들으면서 단 한 순간도 경악하지 않았습니다. 그가 이 모든 일에 대해 자연스럽고 아주 열정적으로 이야기하는 바람에 그의 행위는 화가 날 일이라기보다는 오히려 열병 환자의 보고처럼 여겨졌습니다. 더군다나 지난밤 저처럼 정말 예측도 할 수 없는 일을 경험한 사람에게 '불가능한 일'이라는 말은 단번에 그 의미를 상실하기 마련입니다. 저는 바로 이 젊은이와의 10시간 동안에 상류층으로 살아온 지난 40년보다 무수히 더 많은 현실을 알게 되었던 것입니다.

그러나 그의 고백을 들으면서 한 사실이 저를 경악하게 만들었습니다. 그것은 바로 그의 눈에 서려 있는 뜨거운 광채였습니다. 그가 게임에 대한 자신의 열정을 이야기할 때면, 눈에서 빛이 번쩍이면서 모든 그의 안면 신경이 경련을 일으키며 부르르 떨렸습니다. 그는 이야기하면서 흥분에 사로잡혀 어쩔 줄 몰라 했습니다. 그의 입체적인 얼굴은 즐겁거나 괴로웠던 그때그때의 긴장된 순간을 등골이 서늘해질 만큼 정확하게 재현했습니다. 가늘고 예민하며 경이로운 그의 두 손은 자신도 모르는 사이에 도박판에서처럼 추적하고 도피하는 맹수와 같은 본질을 다시 드러내기 시작했습니다. 이야기 도중 그의 양손은 관절 부분에서부터 부르르 떨리며 구부러졌고 결국 하나로 합쳐졌습니다. 그다음엔 위로 튀어 오르다가 새롭게 다시 서로 엉겨 붙었습니다. 그가 귀고리를 훔쳤노라고 고백할 때엔 두 손이 번개처럼 빠르게 앞으로 튀어나왔고, 손으로 재빨리 훔쳐내는 동작을 보여주었습니다. 이때 저는 그의 손가락이 미친 듯이 보석으로 달려들어 재빨리 주먹 안쪽에 감추는 것을 바라보며 놀라움을 금치 못했습니다. 저는 이 사람이 최후의 피 한 방울까지도 도박에 중독되어 있음을 깨닫고는 경악을 금치 못했습니다.

그의 이야기를 경청하며 저를 충격과 경악에 빠뜨린 것은 사리가 밝으면서도 천성적으로 순수한 청년이 불쌍하게도 어리석은 열정의 노예가 되었다는 사실이었습니다. 이제 제가 가장 먼저 취해야 할 의무는 뜻하지 않게 저의 피보호자가 된 청년에게 위험하기 짝이 없는 이곳 몬테카를로를 당장 떠나야 한다고 진심으로 권유하는 일이었습니다. 저는 귀고리가 사라진 일이 드러나 장래가 영원히 무너지기 전에 즉시 가족에게 돌아가라고 그를 설득했습니다. 그가 오늘 떠나서 다시는 카드놀이를 하지 않고 다른 도박도 하지 않겠다고 맹세한다면, 여행 비용만이 아니라 저당 잡힌 귀고리를 찾을 돈을 주겠다고 약속했습니다.

길 잃은 이 낯선 남자는 처음에는 겸허한 태도를 취하다가 차츰 제게 감사하는 마음을 열렬히 드러냈습니다. 제가 그에게 도와주겠다고 약속하자, 제 말이면 무슨 말이든 즐거워하며 흔쾌히 받아들였습니다. 참으로 결코 잊을 수 없는 날이었습니다. 갑자기 그는 두 손을 테이블 너머로 뻗치고는 제게 숭배와 신성한 서약이라도 바치겠다는 듯 도저히 잊을 수 없는 몸짓으로 제 두 손을 붙잡았습니다. 환한 빛 속에 조금은 혼란한 기운이 섞인 그의 눈에는 눈물이 고여 있었고, 그의 온몸은 행복에 겨운 듯 부르르 떨리고 있었습니다. 저는 이미 자주 그의 거동이 드러내는 표현력을 묘사해 보려고 했습니다만, 그의 몸짓은 도저히 흉내를 낼 수가 없습니다. 왜냐하면 그는 인간의 얼굴에선 거의 찾아볼 수 없는 무아지경의 행복감에 젖어 있었기 때문입니다. 그것은 마치 꿈에서 깨어나는 순간 하얀 그림자로 사라지는 천사의 얼굴을 본 것만 같은, 그런 행복감이었습니다.

이런 광경을 그저 바라만 보는 것은 어려운 일이었으나 저는 묵묵히 서 있었습니다. 우리가 감사하는 마음에 행복해하는 이유는 그런 마음을 발견하기란 매우 어려운 일이며, 그 섬세한 감정이 우리를 즐겁게 하기 때문입니다. 저처럼 엄밀하고 냉정한 사람에게 이처럼 풍부한 감정을 본다는 것은 즐겁고 행복하며 새로운 경험이었습니다. 그런데 충격을 받고 짓밟혔던 이 사람이 깨어나자, 어제의 비 내리던 경관도 마술처럼 활짝 개었습니다. 레스토랑에서 나오자, 완전히 고요하게 가라앉은 바다가 하늘 끝까지 찬란하게 빛났습니다. 바다 높은 곳의 또 다른 새파란 공간에는 갈매기들이 하얗게 무리 지어 날고 있었습니다.

리비에라의 경치가 어떤지는 당신도 잘 아실 것입니다.

리비에라는 우리에게 늘 아름답게 다가오지만, 여유로운 그 짙은 색깔이 그림엽서처럼 단조롭기도 합니다. 마치 어떤 사람의 눈빛이 태연하게 자신을 더듬을지라도 마냥 잠에 빠져 있을 그런 게으른 미녀와도 같습니다. 그녀는 영원히 풍부한 아름다움을 갖췄다는 점에서 동양적인 느낌이 납니다. 그러나 이따금 아주 드물게 미녀는 잠에서 깨어나 환상적인 빛깔로 우리 앞에 힘차게 다가옵니다. 그러고는 관능적인 아름다움으로 불타오르며 온갖 꽃들의 다채로움을 승리의 월계관처럼 내던집니다.

폭풍우가 요란하게 퍼붓는 사나운 밤이 지난 후 이런 감동적인 날이 밝아왔습니다. 깨끗하게 씻긴 거리와 파란 하늘이 눈부시게 빛을 내고 있었습니다. 사방에서 수액을 머금은 초록 덤불이 횃불처럼 붉은 꽃송이를 빨갛게 피워내고, 햇살에 습기가 날아가 가벼워진 대기 속에서 먼 곳의 산들이 갑자기 우리 코앞으로 다가오고 있었습니다. 호기심에 가득 찬 산들이 깨끗이 씻겨 반짝이는 도시를 향해 사방에서 모여들었습니다. 둘러보는 곳곳마다 자연은 사람들을 격려하고 북돋우며 다가와서는, 슬며시 그들의 마음을 빼앗아가는 것 같았습니다. 이때 저는 그에게 "마차를 타고 코르니시 해변을 달려볼까요?"라고 말했습니다.

그가 고개를 끄덕이며 즐거워했습니다. 이 젊은이는 이곳에 도착한 후 처음으로 주변 경치를 바라보며 음미하는 것 같았습니다. 이제까지 그가 아는 사람들이란 땀 냄새가 짙게 밴 답답한 카지노 홀에서 불쾌하게 얼굴을 찌푸리고 게임에 열중하는 노름꾼들뿐이었습니다. 아니면 화가 난 듯 거세게 파도치는 회색 바다를 봤을 뿐이었습니다. 지금 우리 앞에는 햇살이 환하게 비치는 해변이 거대한 부채처럼 활짝 펼쳐져 있었습니다. 우리의 눈은 즐거움에 가득 차서 저 먼 수평선의 좌우 끝을 오갔습니다. 당시만 해도 자동차가 없던 시절인지라 우리는 마차로 해변을 천천히 달렸습니다. 줄지어 선 수많은 별장과 아름다운 경관이 해변에 펼쳐져 있었습니다. 길옆의 집들과 푸른 소나무 그늘이 드리워진 별장을 지날 때마다 제게는 은밀한 소망이 솟아오르곤 했습니다. 저는 이렇게 읊조렸습니다. "이런 곳에서라면 세상을 떠나 조용히 만족하며 살 수도 있을 텐데!"

일찍이 이 순간보다 더 행복했던 적이 있었을까요? 저는 지금도 알지 못합니다. 어제만 해도 죽음과 불행에 사로잡혀 있던 이 젊은이가 이제는 저와 함께 마차에 앉아서 하얗게 부서지는 햇살을 맞으며 황홀해하고 있었습니다. 그가 살아온 모든 세월이 마치 그에게서 떨어져 나간 것처럼 보였습니다. 그는 순진한 소년 같았고, 자유분방하면서도 온화한 눈을 지닌, 그저 놀기 좋아하는 아이 같았습니다. 저는 그의 사려 깊으면서도 다정다감한 마음에 매료되고 말았습니다.

마차가 가파른 경사를 오르면서 말이 숨을 헐떡이자, 그는 얼른 뛰어내려 뒤에서 마차를 밀었습니다. 제가 어떤 꽃의 이름을 말하거나 길가에 핀 꽃을 손가락으로 가리키면 그는 재빨리 꽃을 꺾어 왔습니다. 어제 내린 빗물에 휩쓸려 길가로 나온 작은 두꺼비가 뒤뚱거리는 것을 본 그는 뒤에 오는 마차에 깔리지 않도록 두꺼비를 손으로 조심스레 잡아

녹색의 풀 속에 갖다 놓았습니다. 그러는 사이에 그는 아주 우스꽝스럽고 흥미로운 일들에 관해 이야기했습니다. 이런 웃음 속에 어떤 구원의 방법이 들어 있을 것이라고 저는 생각했습니다. 만약 이처럼 웃지 못했다면 그는 노래를 부르거나 깡충 뛰거나, 무슨 희한한 짓이라도 저질렀을 테니까요. 그의 돌발적이고 격한 감정 표현에는 행복한 마음과 황홀감이 넘쳐흘렀습니다.

우리가 마차로 언덕 위의 조그만 마을을 천천히 지나가고 있을 때, 그가 갑자기 정중하게 모자를 벗었습니다. 저는 놀라서 그를 바라보았습니다. 이곳에서 이방인 중의 이방인일 그가 대체 누구에게 인사를 하는 것일까요? 제가 물어보자 그는 얼굴을 붉히며 거의 변명하듯이 그 이유를 설명했습니다. 마차가 교회를 지나갔는데, 그의 고향인 폴란드는 엄격한 가톨릭 국가인지라 어린 시절부터 교회나 예배당 앞에서는 모자를 벗곤 했다는 것입니다. 저는 그의 종교에 대한 경외심에 내심 감동했습니다. 이와 동시에 그가 십자가를 이야기한 것이 기억나서 그에게 신을 믿는지를 물었습니다. 그는 조금은 부끄러운 듯 겸손하게 그렇다고 시인하면서 신의 은총이 임하기를 바란다고 말했습니다. 그러자 돌연 어떤 생각이 제 머릿속에 떠올랐습니다. 그래서 저는 마부에게 "멈추세요!"라고 외치고는 얼른 마차에서 내렸습니다. 그가 제 뒤를 따르며 어리둥절해하면서 물었습니다. "어디로 가시는 것입니까?" 저는 "따라와요"라고 짧게 대답했습니다.

저는 오던 길을 되돌아 그와 함께 벽돌로 지은 조그마한 시골 예배당을 향해 갔습니다. 석회로 된 성당 내부의 벽은 어렴풋한 회색빛을 띠고 있었습니다. 문이 마침 열려 있어서 노란 원뿔 모양의 햇살이 어두운 실내 깊숙이 들어와 있었습니다. 반면 작은 제단 위에는 어두운 그늘이 드리워져 있었습니다. 얼굴을 가린 눈 같은 두 개의 촛불이 제단 위에서 따뜻한 향을 사방으로 발산하며 어둠을 태우고 있었습니다. 우리는 성당 안으로 들어갔습니다. 그가 모자를 벗었습니다. 이어 성수에 손을 적신 뒤 성호를 긋고는 무릎을 꿇었습니다.

그가 자리에서 일어서자마자, 저는 곧 그를 붙잡고 앞으로 가도록 떠밀었습니다. "제단이든 어떤 초상이든 당신이 신성하게 여기는 곳으로 가세요. 그리고 제가 먼저 하는 말을 따라 맹세하세요." 그는 거의 소스라치듯 놀라며 당혹스러운 표정으로 저를 바라보았습니다. 하지만 그는 곧 제 말뜻을 이해했습니다. 그는 모퉁이 쪽으로 가서 성호를 긋고 순순히 꿇어앉았습니다. "제 말을 따라 하세요." 저도 흥분하여 떨면서 그에게 맹세를 강요했습니다. 그가 제 말을 따라서 맹세하겠다고 말했습니다. 저는 계속해서 제 말을 따라 하라고 다그쳤습니다. "저는 다시는 어떤 종류든 돈을 거는 도박을 절대 하지 않을 것이며, 다시는 생명과 명예를 도박이라는 광기에 내맡기지 않겠습니다."

그는 떨면서 이 말을 따라 했습니다. 이 말은 예배당의 실내 전체에 큰 소리로 울려 퍼졌습니다. 이어서 주변이 잠시 조용해졌습니다. 너무나 조용하여 바람이 나뭇잎을 스칠 때 바스락거리는 소리가 들릴 지경이었습니다. 그런데 어찌 된 일인지 그가 갑자기 정신이 나간 사람처럼 감사와 회오의 말을 쏟아내며 기도를 하는 것이었습니다. 그는 계속해서 자신의 잘못을 통렬하게 참회하면서 연단 쪽으로 공손히 머리를 숙였습니다. 이어서 낯선 말을 점점 더 열광적으로 반복하다가, 같은 말을 형용할 수 없을 정도로 간절하게 내뱉으며 기도를 올리는 것이었습니다. 그 이전이나 그 이후에도, 아니 이 세상의 어떤 교회에서도 저는 이런 기도를 들은 적이 없습니다.

그의 두 손이 경련을 일으키며 나무로 된 연단을 움켜쥐었습니다. 그를 잡아 흔들고 다시 내던지는 내면의 폭풍으로 인해 이따금 그의 온몸이 부르르 떨렸습니다. 그는 더 이상 아무것도 보지 못하고, 아무것도 느끼지 못했습니다. 그의 모든 것이 다른 세계에 머물며 연옥의 불길로 정화되거나, 한층 더 신성한 영역으로 비상하는 것 같았습니다.

마침내 그는 일어서서 성호를 긋고는 힘겹게 몸을 돌렸습니다. 그의 무릎은 떨리고 있었고 얼굴은 기진맥진하여 창백해져 있었습니다. 그러나 저를 본 그의 눈은 반짝거렸고, 감동에 취한 그 얼굴에는 순수하고 참으로 경건한 미소가 환하게 번져 있었습니다. 그는 제게 가까이 다가와 러시아식으로 깊이 머리 숙여 절하고는, 제 손을 잡고 정중히 입을 맞추었습니다. "하느님이 당신을 제게 보내셨습니다. 이에 대해 감사의 기도를 드렸습니다." 저는 무슨 말을 해야 할지 알 수 없었습니다. 하지만 저는 이때 성당의 오르간이 갑자기 울려 퍼지기라도 했으면 좋겠다고 생각했습니다. 모든 일이 이루어졌다고 느꼈기 때문입니다. 저는 이 사람을 구원했다고 여겼답니다.

　우리는 예배당에서 걸어 나와 5월의 햇살이 눈부시게 넘쳐흐르는 거리로 돌아왔습니다. 제게 세상이 이처럼 아름다웠던 적은 결코 없었습니다. 우리는 2시간 동안 천천히 마차를 타고 언덕길을 따라 달렸습니다. 커브 길을 돌 때마다 파노라마처럼 아름다운 경치가 지나갔습니다. 그러나 우리는 아무 말도 하지 않았습니다. 그렇게 진한 감정을 소모한 뒤에는 어떤 말도 할 수 없을 것만 같았습니다. 우연히 제 눈이 그의 눈과 마주치면, 저는 부끄러워하며 그의 눈을 피했습니다. 제 자신이 이루어낸 기적을 눈앞에서 보는 것은 참으로 감동적인 일이었습니다.

　오후 5시쯤 우리는 몬테카를로로 돌아왔습니다. 친척들과의 모임이 있었는데, 이제 와서 참석하지 못한다는 말은 할 수 없는 처지였습니다. 사실 저는 마음속 깊이 휴식을 원했습니다. 강렬하게 터져 나온 감정을 부드럽게 가라앉힐 필요가 있었습니다. 주체할 수 없을 정도로 과분한 행복을 경험했기 때문입니다. 제 인생에서 결코 맛보지 못한 이 뜨겁고 황홀한 상태에서 벗어나 이제는 조용히 휴식을 취하고 싶었습니다. 그래서 저는 제 보호를 받고 있는 젊은이에게 잠시만 호텔로 와달라고 청했고, 제 방에 들어온 그에게 여행 비용과 전당포에 잡힌 귀고리를 찾을 돈을 주었습니다. 우리는 서로 합의를 보았습니다. 제가 친척들과 모임을 갖는 동안 그는 차표를 마련할 것이며, 저녁 7시에 기차역 대합실에서 만나기로 한 것입니다. 그리고 7시 30분에 그는 기차를 타고 제노바를 경유하여 집으로 가기로 하였습니다.

제가 그에게 지폐 5장을 건네려 했을 때, 이상하게도 그의 입술이 창백해졌습니다. "아닙니다……. 저는 돈을 받으면 안 됩니다……. 돈은 안 돼요!" 그는 이렇게 우물거리다가 손가락을 신경질적으로 덜덜 떨었습니다. "돈은, 돈은…… 그걸 쳐다볼 수 없어요." 그는 마치 역겹고 불안하기라도 한 듯이 몸을 휘청거리며 또 한 번 이렇게 말했습니다. 저는 그의 수치심을 달래기 위해, 돈은 빌려준 것일 뿐이며 만약 그리 부담스럽게 느낀다면 영수증을 써달라고 말했습니다. 그러자 그는 제 눈을 피하면서 다음과 같이 중얼거렸습니다. "네…… 네……. 영수증 말이지요." 그러더니 제가 건넨 지폐를 손에 달라붙은 오물이라도 털어내듯이 보지도 않고 호주머니에 집어넣었습니다. 이어서 무엇에 쫓기듯 재빨리 종이에 몇 자 적었습니다.

저를 쳐다보기 위해 고개를 든 그의 이마에는 땀이 흥건히 배어 있었습니다. 그의 내면에 있는 무언가가 치솟아 오르며 그의 목을 조르기라도 한 것 같았습니다. 그는 그 종이를 제게 내밀면서 몸을 떨었습니다. 그러다가 갑자기 무릎을 꿇고 제 옷자락에 입을 맞추는 것이었습니다. 전 저도 모르게 깜짝 놀라서 뒤로 물러섰습니다. 참으로 설명할 수 없는 몸짓이었습니다! 그 위압적인 힘에 눌린 저는 온몸에 경련이 일어나는 것을 느꼈습니다. 기이한 전율이 저를 덮쳤습니다. 저는 당황한 나머지 더듬거리며 말했습니다. "그토록 고마워하니 제가 몸 둘 바를 모르겠네요. 하지만 이제는 돌아가야 합니다! 저녁 7시에 역 대합실에서 만나 작별하기로 해요."

그는 저를 응시했습니다. 눈에 감동의 빛이 어리며 눈물이 고였습니다. 잠시 그가 무슨 말을 하려는 것 같았습니다. 제게 다가오려는 것 같기도 했습니다. 하지만 그는 갑자기 다시 한번 정중하게 고개를 숙여 인사를 하고는 호텔 방을 떠났습니다.

다시 C 부인은 하던 이야기를 멈췄다. 그러다가 얼른 일어서서 창가로 가서는, 밖을 내다보며 오랫동안 조용히 서 있었다. 나는 그림자의 윤곽처럼 희미한 그녀의 등이 가볍게 떨리는 것을 보았다. 이때 돌연 그녀는 무엇인가 결심한 듯 돌아섰다. 이제까지 조용하고 무심히 놓여 있던 그녀의 두 손이 무엇인가를 찢어버리기라도 하려는 듯 격렬한 동작을 보이는 것이었다. 이어서 거의 도발적인 자세로 냉정하게 나를 응시하다가 단숨에 다시 이야기를 계속해 나갔다.

저는 아주 솔직하겠다고 당신께 약속했습니다. 그 약속이 얼마나 필요한 것인지를 지금은 알겠습니다. 왜냐하면 저는 그 순간에 일어났던 전체적인 경과를 체계적으로 묘사하기 위해, 완전히 뒤엉켜서 혼란했던 당시 감정에 가장 적합한 낱말을 찾기 위해 처음으로 고심하고 있기 때문입니다. 그런데 이제야 비로소 제가 몰랐던 것, 혹은 어쩌면 알려고 하지 않았던 것들을 명쾌하게 이해하게 됐습니다. 그렇기 때문에 저는 제 자신에게뿐만 아니라 당신에게도 엄격하고 단호하게 진실을 말하려고 합니다.

당시에 그 젊은이가 호텔 방을 떠나고 혼자만 남게 되자,

저는 온몸이 무기력해질 뿐만 아니라 심장을 강하게 얻어맞은 느낌이었습니다. 뭔지 모를 어떤 것이 저를 죽일 만큼 고통스럽게 했지만, 저는 그 까닭을 알 수 없거나 알기를 거부했습니다. 제 보호를 받는 젊은이의 감동적일 만큼 존경에 찬 태도가 어째서 저를 이렇게 고통스럽게 했는지 그 연유를 당시에는 알 수 없었습니다.

하지만 지금 저는 모르는 일들을 밝혀내듯이 과거의 모든 것을 제 자신으로부터 엄격하고 차분하게 끌어내려고 무척이나 애쓰고 있습니다. 당신이라는 증인에게 부끄러운 감정을 은폐하거나 비겁하게 숨겨두지 않으려고 노력하고 있습니다. 오늘에 이르러서야 제가 분명하게 인식하는 것은 당시 제가 그토록 고통스러웠던 까닭이 실망감 때문이었다는 사실입니다. 제 보호를 받던 젊은이가 그렇게 순순히 떠나버린 뒤에 오는 실망감이었습니다. 그는 저를 붙잡고 늘어지거나 제 곁에 머무르려는 시도 따위는 전혀 하지 않았습니다. 이곳을 얼른 떠나는 것이 좋겠다는 저의 첫 소망에 충실히 따랐습니다. 저를 끌어안으려는 시도도 하지 않고…… 저를 그의 삶의 과정에서 나타난 성녀처럼 존경할 뿐이었죠. 실은 그가 저를…… 저를 여자로 느끼지 않아서 실망했던 것입니다.

그것은 제게 큰 실망이었습니다. 저는 이런 미묘한 마음을 당시에는 물론이고 나중에도 인정하려 하지 않았습니다. 그러나 여자는 말을 하지 않거나 의식하지 않아도 느낌으로 모든 것을 아는 법입니다. 이제 저는 더 이상 자신을 속이지 않으려 합니다. 만일 당시에 그 젊은이가 저를 포옹하고 저를 원했더라면, 저는 그와 함께 세상 끝까지라도 갔었을 것입니다. 제 이름은 물론 제 자식들의 이름까지도 더럽혔을 것입니다. 사람들이 무슨 말을 하든 또는 내적인 도덕이 무엇을 요구하든 전혀 상관없이 저는 앙리에트 부인이 하루 전엔 전혀 알지도 못했던 젊은 프랑스인과 달아났듯이 그와 함께 도망쳤을 것입니다.

그와 함께라면 저는 아마도 우리가 어디로 가는지, 얼마나 오래 함께할 것인지 묻지도 않았을 것이며, 이제까지 살아왔던 삶을 돌아보지도 않았을 것입니다. 만일 그랬더라면, 저의 이름과 재산, 명예를 이 사람을 위해 희생했을 것입니다……. 심지어는 그 사람을 위해 동냥이라도 나갔을 것이며, 비록 그가 원치 않았어도 저는 이 세상에서 가장 비천한 짓이라도 저질렀을 것입니다. 흔히 타인에 대한 배려라고 부르는 것들, 없다면 수치라고 여겨지는 그 모든 것들을 저는 내던졌을 것입니다. 그가 한 걸음만 다가와서 저를 붙잡으려고 했다면, 저는 그 순간 그에게 홀딱 빠져버렸을 것입니다. 하지만…… 당신에게 말씀드렸듯이…… 이상하게도 얼이 빠져 있던 그 젊은이는 더는 저를, 여자로서의 저를 보려고 하지 않았습니다. 저는 혼자가 되고 나서야 그를 향한 제 감정이 얼마나 강렬하게 불타오르는지를 느끼게 되었습니다. 천사같이 밝게 빛나는 그의 얼굴에서 솟구쳐 오르는 열정은 어둡게 저의 내부에 침잠했다가 외로운 빈 가슴 속에서 출렁거렸습니다.

이때 저는 정신이 번쩍 들었습니다. 친척들과 만나기로 한 약속이 이중으로 부담이 되었기 때문입니다. 그것은 마치 머리를 묵직하게 누르는 철모의 무게 때문에 몸을 휘청이는 듯한 느낌이었습니다. 마침내 다른 호텔에 있는 친척들에게 건너갔을 때, 제 생각은 저의 무거운 발걸음처럼 느슨하게 풀어져 버렸습니다. 저는 활발하게 담소하는 친척들 사이에서 몽롱한 기분으로 앉아 있었습니다. 그러다가 우연히 고개를 들어 친척들의 무표정한 얼굴을 볼 때마다 새삼 놀라움을 금치 못했습니다. 구름 사이로 햇살과 그늘을 교대로 비추는 것 같은 그 남자의 얼굴에 비하면 그들의 얼굴은 가면과 같았습니다. 온통 얼어붙은 것 같았습니다. 마치 죽은 사람들 사이에 앉아 있는 것처럼, 친척들의 모임은 너무 지겨울 정도로 활기 없었습니다.

제가 찻잔에 설탕을 던져 넣고 휘저으며 친척들의 대화에 흥미 없이 끼어 있는 동안, 마치 핏줄이 타오르듯이 그의 얼굴이 저의 깊은 곳에서 계속 떠올랐습니다. 그의 얼굴을 관찰하는 것이 제 간절한 기쁨이 되어버렸는데, 한두 시간만 지나면 그와 작별해야 한다고 생각하니 앞날이 막막했습니다. 아마 저도 모르게 나직이 한숨을 내쉬었거나 아니면 앓는 소리를 냈던 것 같습니다. 그 바람에 남편의 사촌 누이가 갑자기 저를 향해 "어디 아프지는 않나요, 얼굴이 창백하고 지쳐 보이는데 괜찮은 건가요?"라고 묻는 것이었습니다. 이런 뜻밖의 물음 덕분에 저는 곧 사실 편두통이 와서 고통스러운데, 눈에 띄지 않게 자리를 뜰 테니 양해해 달라고 쉽사리 핑계를 댈 수 있었습니다.

이렇게 다시 혼자가 된 저는 지체 없이 호텔로 돌아왔습니다. 그런데 호텔 방에 홀로 있자마자, 돌연 공허함과 외로

157

움이 다시 저를 덮쳐왔습니다. 그 젊은이를 오늘 영원히 떠나보낸다고 생각하자 그를 향한 갈망이 가슴을 뜨겁게 옥죄었습니다. 저는 호텔 방 안을 이리저리 오가다가 부질없이 서랍을 열었습니다. 그런 다음 옷을 갈아입거나 리본을 바꿔 달고는 얼른 거울 앞에 서보았습니다. 이렇게 치장하면 그의 눈에 들 수 있지 않을까 생각하며 거울 속의 제 모습을 세심하게 들여다보았습니다. 이때 저는 불현듯 제 마음을 알 수 있었습니다. 그래, 그 사람을 놓치지 않도록 최선을 다하자! 번개처럼 순식간에 제 의지가 결심으로 바뀌었습니다.

저는 아래층의 호텔 종업원에게 가서 오늘 밤차로 출발할 것이라고 통보했습니다. 이제 서둘러야만 했습니다. 저는 여종업원에게 벨을 눌러 짐 꾸리는 것을 도와달라고 했습니다. 시간이 촉박했습니다. 저와 여종업원은 급하게 옷가지와 갖가지 소모품을 트렁크에 채워 넣었습니다. 그러는 동안 저는 깜짝 이벤트를 궁리했습니다. '그 사람을 기차로 전송해 주면서 마지막에 그가 작별하려고 악수를 청하는 순간, 그가 당황하도록 갑자기 내가 기차에 올라타는 거야. 그가 원하기만 한다면 그날 밤, 아니 그다음 날 밤도 함께 보내야지.' 이렇게 상상하자 황홀감과 도취로 온몸의 피가 솟구치는 것 같았습니다. 이런 상태로 옷가지를 트렁크에 던져넣으며 이따금 혼자 웃었습니다. 이런 저를 본 여종업원이 이상하게 생각할 수 있을 정도였습니다. 제가 느끼기에도 저의 감각은 질서를 잃고 허공에 붕 떠 있었습니다. 트렁크를 옮기려고 짐꾼이 왔을 때엔, 여전히 딴생각에 취해 있느라 영문을 모르겠다는 듯 그를 바라보기도 했습니다. 흥분이 저의 내부에서 강렬하게 일렁이는 동안, 당장 실제로 해야 할 일을 생각하기가 어려웠습니다.

시간이 촉박했습니다. 거의 7시가 다 되어 기차 출발 시간까지 20분밖에 남지 않았습니다. 물론 제가 역에 가는 것은 작별을 위한 것이 아니라고 제 자신을 위로했습니다. 그가 허락하는 한 그를 따라가기로 결심했으니까요. 짐꾼은 가방을 가지고 먼저 나갔고, 저는 호텔 비용을 계산하려고 경리부서로 갔습니다. 경리과장이 제게 거스름돈을 건네던 순간, 누군가가 제 어깨를 살짝 건드렸습니다. 저는 놀라서 몸을 움찔했습니다. 어깨를 건드린 사람은 남편의 사촌 누이였습니다. 몸 상태가 좋지 않은 저를 보려고 온 것입니다. 저는 눈앞이 캄캄해지는 것을 느꼈습니다. 지금 그녀는 제게 전혀 필요 없는 존재였습니다. 몇 초만 지체해도 저의 모든 계획이 틀어질 수 있었습니다. 그럼에도 저는 그녀와 잠시라도 예의 바르게 몇 마디 말을 나누어야 할 처지였습니다.

그녀가 제게 권했습니다. "침대에 누워 있어야 해요, 분명히 열이 있거든요." 정말 그랬을 것입니다. 왜냐하면 정수리 부분 맥박이 거칠게 뛰었고 졸도라도 할 것처럼 눈 주변에 푸른 그림자가 어른거리는 것을 여러 차례나 느꼈기 때문입니다. 그러나 저는 그녀의 호의를 마다하면서 겉으로는 고마워하는 것처럼 보이려고 애썼습니다. 그러면서도 그녀가 말을 할 때마다 열불이 끓어올랐습니다. 부적절한 순간에 저를 염려하는 그녀를 정말이지 발로 차버리고 싶었습니다. 하지만 그 원치 않는 배려에도 저는 어쩔 수 없었습니다. 그녀는 차가운 오드콜로뉴 향수로 제 정수리 주변을 마사지해 주었습니다.

그러나 저는 아까운 1분 1초를 세면서 그를 생각했고, 어떻게 하면 제가 이 고통스러운 관심에서 벗어날 구실을 찾을 수 있을지 계속 생각했습니다. 그러나 제가 불안한 태도를 보이면 보일수록 그녀는 저를 수상하게 여기는 것 같았습니다. 심지어 그녀는 저를 거의 강제로 방으로 끌고 가 눕히려고까지 했습니다. 그런 가운데 저는 얼떨결에 로비 한가운데 걸린 시계를 보았는데, 그때가 7시 28분이었습니다. 기차는 7시 35분에 출발하게 되어 있었습니다. 저는 절망한 나머지 성급하고도 무뚝뚝하게 사촌 시누이에게 악수를 청했습니다. "안녕, 저는 가야만 해요." 이렇게 말하고는 그녀의 얼떨떨한 눈빛에도 뒤돌아보지 않고, 황당해하는 호텔 직원들을 빠르게 지나쳐 현관을 나왔습니다. 저는 거리로 나와서 역으로 달려갔습니다.

멀리서 짐꾼이 짐을 가지고 기다리면서 급하게 손짓하는 것을 보고 시간이 빠듯하다는 것을 알아차렸습니다. 저는 미친 듯이 승차를 위해 진입로로 달려갔지만, 역무원이 다시 저를 막으셨습니다. 기차표 사는 것을 깜박 잊었던 것입니다. 그래도 역무원에게 승강장에 들어가게 해달라고 억지를 써보려고 하는데 기차가 이미 출발하기 시작했습니다. 저는 온몸을 떨면서 기차의 객실을 응시했습니다. 적어도 차창 너머 어딘가의 그를 찾아 손짓으로 작별 인사라도 하려던 것이었습니다. 그러나 기차가 급하게 움직이기 시작했기에 그의 얼굴을 찾을 수는 없었습니다. 기차는 점점 더 속도를 내다가 지나가 버렸고, 1분쯤 후 제 눈앞에는 검은 연기만이 자욱하게 피어오르고 있었습니다.

저는 그 자리에 꽤 – 잘 모르겠지만 – 오랫동안 돌부처처럼 서 있지 않을 수 없었습니다. 짐꾼이 여러 차례 제게 말을 걸어도 소용이 없을 정도였으니까요. 짐꾼은 제가 아무 반응이 없자 제 팔을 살짝 건드렸습니다. 그제야 저는 깜짝 놀랐습니다. 짐꾼은 짐을 다시 호텔로 옮겨야 할지 물었습니다. 제가 정신을 차리기까지는 몇 분 정도 더 걸렸습니다. 아, 그럴 수는 없었습니다. 그렇게 어처구니없이 허둥대며 떠나온 호텔로 다시 돌아갈 수는 없었습니다. 다시는 호텔로 가고 싶지 않았습니다. 그래서 저는 초조하게 기다리던 짐꾼에게 짐을 보관소에 맡겨 달라고 했습니다.

그런 다음에야 저는 끊임없이 인파가 새롭게 모였다가 흩어지는 시끄러운 대합실 한복판에서 생각을 가다듬고 냉철하게 처신하려고 노력했습니다. 분노와 회한과 절망이 고통스럽게 목을 죄는 처절한 상태에서 저는 제 자신을 구원하려고 애썼습니다. 솔직하게 고백하지 못할 이유가 뭐 있을까요. 마지막 만남을 제 실수로 놓쳤다는 생각이 날카로운 비수처럼 무자비하게 전신을 찔러댔습니다. 벌겋게 달궈진 칼날이 점점 더 가혹하게 찌르며 고통을 주는 바람에 비명을 지를 것만 같았습니다.

이처럼 유일무이한 순간, 어쩌면 열정이라곤 전혀 모르던 사람만이 이렇듯 눈사태처럼 돌발적이고 허리케인처럼 맹렬히 분출하는 열정의 폭발을 겪는 것인지도 모르겠습니다. 이럴 때면 평생 사용하지 않았던 힘들이 돌무더기처럼 가슴으로 떨어져 내리는 법입니다. 저는 그 이전이나 그 이후에도 이 순간만큼 놀랍고 완전히 자지러질 것 같은 일을 체험한 적이 결코 없습니다. 이때 저는 무모하게도 갑자기 제 앞에 무의미한 벽을 발견하고는, 열정적으로 그 벽을 향해 이마를 부딪쳐 쓰러질 준비가 되어 있었습니다. 말하자면 그간 아끼고 쌓아온 제 모든 삶 전체를 내던질 준비가 되어 있었습니다.

그런 다음 무엇을 했느냐고요? 마찬가지로 아주 무의미한 일 외에 무슨 일을 했겠습니까? 제가 한 일은 어리석고 바보 같아서 정말 이야기하기 수치스럽습니다. 그러나 저는 스스로에게나 당신에게나 어떤 일도 감추지 않겠다고 약속한 바 있습니다. 그때 저는 말입니다……. 저는…… 다시 그 사람을 찾아다녔습니다! 그러니까 제가 그와 함께 보낸 모든 순간을 다시 찾아다녔던 것입니다. 우리가 어제 함께 있었던 그 모든 장소가 저를 강렬하게 끌어당겼습니다. 그를 데려온 공원 벤치, 그를 처음 보았던 카지노, 심지어는 그 싸구려 호텔까지도 그랬습니다. 저는 그저 단 한 번이라도 과거의 일을 다시 체험하고 싶을 따름이었습니다.

내일은 그의 말과 몸짓을 다시 한번 마음속에 되새기도록 마차를 타고 해안가의 가파른 도로를 달릴 생각이었습니다. 그렇습니다. 그렇게 무의미하고 어리석은 짓을 할 만큼 저는 혼란에 빠져 있었습니다. 그러나 이번 사건이 번개가 치듯 저에게 갑자기 닥쳐왔다는 것을 유념하셔야 합니다. 저는 온몸이 마비된 것처럼 호되게 얻어맞은 느낌이었습니다. 하지만 일단은 그 소동으로부터 깨어났습니다. 이제 저는 우리가 추억이라고 부르는 마술적 자기기만에 힘입어 훌쩍 지나가 버린 체험을 차례차례 떠올리며 조용히 즐기려고 했습니다. 물론 이와 같은 일을 이해할 수도, 이해하지 못할 수도 있을 것입니다. 아마도 이런 일을 이해하려면 우선 가슴이 뜨거울 필요가 있겠지요.

저는 먼저 카지노로 가서 그가 앉았던 테이블을 찾으려고 했습니다. 그런 다음 테이블에 있던 수많은 손들 중에 그의 손을 기억해 낼 생각이었습니다. 저는 카지노 안으로 들어갔습니다. 아직도 기억하지만, 그를 처음 본 곳은 두 번째 방의 왼쪽 테이블이었습니다. 그의 동작 하나하나가 아직도 제 눈앞에 또렷하게 떠올랐습니다. 몽유병자처럼 눈을 감고 손으로 더듬더라도 그가 앉았던 자리를 찾았을 것입니다. 저는 안으로 들어가자마자 홀을 가로질러 걸어갔습니다. 그런데 입구에서 테이블에 모여 있는 인파를 응시했을 때, 참으로 기이한 일이 일어났습니다. 그곳에, 바로 그 자리에 제 꿈결 속에나 있어야 할 그 사람이 앉아 있었던 것입니다! 설마 열에 들떠서 환영을 본 것은 아니겠지요? 정말…… 그가 어제 꿈에서 본 것처럼 거기에 앉아 있었습니다. 룰렛 공에 두 눈을 똑바로 고정한 채 유령처럼 창백한 얼굴로 그 사람이…… 그 사람이 거기에 앉아 있었습니다. 분명히 그 사람이었습니다!

저는 놀라서 비명을 지를 만큼 경악했습니다. 하지만 이 어처구니없는 환상에 거의 기절할 것 같은 자신을 다독이며 눈을 질끈 감았습니다. 저는 이렇게 중얼거렸습니다. "너는 정신이 나갔고, 꿈을 꾸고 있는 거야……. 열에 들떠서 말이야. 도저히 있을 수 없는 일이야. 네가 헛것을 보고 있는 거야……. 그 사람은 30분 전에 여기를 떠났어." 그런 다음 저는 다시 눈을 떴습니다.

그러나 끔찍하게도 여전히 그가 거기 앉아 있었습니다. 눈을 비비고 봐도 분명히 그 사람이었습니다. 수없이 많은 손들 중에 섞여 있을지라도 저는 그의 손을 가려냈을 것입니다. 아닙니다! 제가 꿈을 꾼 것이 아니었습니다! 바로 그 사람이었습니다. 그는 스스로 맹세한 것을 어기고 이곳을 떠나지 않았습니다. 도박에 미친 사내가 거기에 앉아 있었습니다. 그는 제가 고향에 가도록 준 돈을 가지고 다시 카지노의 녹색 테이블로 온 것입니다. 그러고는 완전히 자신을 잊은 채 열광하며 도박판을 벌이고 있었습니다. 그가 그러고 있는 사이 저는 절망하며 그를 향한 그리움으로 애를 태우고 있었던 것입니다.

저는 이것저것 생각할 겨를 없이 앞으로 나아갔습니다. 화가 치밀어 올라서 눈물이 핑 돌았습니다. 저의 믿음과 감정, 헌신을 비열하게 배반한 이 서약 파괴자의 목이라도 조르고 싶을 만큼 분노가 들끓었습니다. 하지만 저는 분노를 억눌렀습니다. 참으로 힘든 일이었지만 저는 일부러 천천히 테이블로 가서는 그의 맞은편에 섰습니다. 그러자 한 신사가 정중히 제게 자리를 양보했습니다. 테이블을 덮은 2미터 길이의 초록색 천이 우리 둘 사이에 놓여 있었습니다. 저는 발코니에서 연극을 구경하듯이 그의 얼굴을 자세히 응시할 수 있었습니다. 몇 시간 전만 해도 감사의 빛으로 넘치고 신의 은총의 기운으로 환하던 얼굴이었지만, 지금 그 얼굴은 온통 광기의 지옥 불에 파르르 타오르며 소멸하고 있었습니다.

오늘 오후에만 해도 지극히 신성하게 맹세하며 교회의 나무 의자를 꼭 잡고 있었던 그 손은 이제 다시 음탕한 흡혈귀처럼 손가락을 갈고리처럼 구부려 돈을 긁어모으고 있었습니다. 그가 도박에서 승리하여 엄청난 돈, 거액을 따게 되었습니다. 그가 앉은 테이블 위에는 게임 칩과 금화, 지폐가 수북이 쌓여서 반짝거리고 있었습니다. 뒤죽박죽 아무렇게나 뒤섞인 돈더미 속에서 신경질적으로 떨고 있는 손가락들은 기분이 좋은 듯 손끝을 쭉 펴고 있었습니다. 손가락들은 지폐를 하나하나씩 잡아 접고, 금화를 돌리며 어루만졌습니다. 그러고는 돌연 그것을 단숨에 한 움큼 가득 잡고는 룰렛의 어느 네모 칸 한가운데 집어던졌습니다.

그러자마자 그의 콧잔등이 다시 살짝 떨리기 시작했습니다. 이제 딜러가 게임의 시작을 외치자, 탐욕스럽게 번뜩이던 두 눈은 돈이 있는 곳에서 파열음을 내며 구르는 공 쪽으로 옮겨 갔습니다. 그의 팔꿈치는 녹색 테이블 위에 못으로 박힌 듯 고정되어 있었지만, 그는 마치 자신에게서 빠져나와 어디론가 향하는 것 같았습니다. 도박에 미쳐 있는 그의 모습은 어제저녁보다 한층 더 무시무시하고 끔찍했습니다. 그의 동작 하나하나가 제 안에 경솔히도 받아들인 그의 모습, 즉 금빛 바탕 위에 빛나는 그런 거룩한 형상을 뭉개버렸기 때문입니다.

우리 둘은 숨소리를 들을 수 있을 만큼 가까이에, 겨우 2미터 떨어진 곳에 있었습니다. 저는 그를 응시하고 있었지만 그는 저를 알아보지 못했습니다. 그는 저뿐만 아니라 그 누구도 바라보고 있지 않았습니다. 그의 눈길은 돈에만 쏠려 있다가, 공이 굴러오자 동요하며 깜빡거렸습니다. 그의 모든 감각은 이 미친 녹색 테이블 안에 갇힌 채 이리저리 날뛰고 있었습니다. 이 도박 중독자에게 있어 전 세계와 전 인류는 긴장감 넘치는 사각 녹색 테이블에 모두 녹아들어 있었습니다. 이곳에 몇 시간을 서 있더라도 코앞에 있는 저를 알아차리지 못할 게 분명했습니다.

그러나 더는 참을 수 없었습니다. 저는 단호하게 결심하고 테이블을 돌아 그의 등 뒤로 가서는, 그의 어깨를 손으로 꽉 잡았습니다. 그의 눈빛이 당황한 기색을 보이며 위를 향했습니다. 일 초쯤 그는 유리알 같은 눈동자로 낯선 얼굴 대하듯 저를 쳐다보았습니다. 그는 술 취한 사람 같았습니다. 보통 이런 술 취한 사람을 힘들게 잠에서 깨워 놓으면, 그의 눈빛은 여전히 내부의 아지랑이에 의해 몽롱한 회색빛을 띠면서 가물거리지요. 이윽고 그가 저를 알아보는 것 같았습니다. 그는 반가운 듯 저를 올려다보더니, 떨리는 입으로 더듬더듬 나직이 말문을 열었습니다. 이런 그의 태도는 친한 사람에게 대단한 비밀을 털어놓기라도 하는 것 같았습니다.

"잘 되어 갑니다……. 금방 알아차렸어요. 내가 이곳에 들어와서 저 사람이 와 있는 것을 보는 순간…… 금방 이렇게 될 줄 알았지요."

처음엔 무슨 말을 하는지 이해하지 못했습니다. 그가 노름에 취해 있다는 것, 이 미친 노름꾼이 자신의 맹세나 약속은 물론이거니와 저와 세상사도 모두 잊어버렸다는 것만은 알 수 있었습니다. 하지만 이렇게 넋이 나간 상태에서도 그의 열광적인 태도가 저를 매료시켰습니다. 그래서 저는 자신도 모르게 그의 말을 듣고 있다가 '저 사람이 여기 와 있다'는 말이 무슨 소리냐고 그에게 반문했습니다.

"저기 러시아 출신의 늙은 외팔이 장군을 보십시오." 그는 마법의 비밀을 아무도 듣지 못하도록 제게 다가와 나직이 속삭였습니다. "저기, 뒤에 하인을 대동하고 흰 수염이 난 사람 말입니다. 그는 항상 게임에서 이깁니다. 어제도 그를 주목했는데, 그는 어떤 훌륭한 방법을 가지고 있는 게 분명합니다. 저는 언제나 그와 같은 곳에 내기를 겁니다…… 어제도 저 사람은 계속 이겼습니다…… 다만 저 사람이 가버린 뒤에도 계속 게임을 한 것이 실수였습니다. 제 실수였지요. 저 사람은 어제 틀림없이 2만 프랑은 땄을 것입니다. 그리고 오늘도 계속 따고 있습니다…… 지금 저는 계속 저 사람이 하는 대로 내기를 걸고 있지요…… 그런데 지금은……."

그는 말을 하다 말고 갑자기 중단했습니다. 왜냐하면 딜러가 아주 큰 목소리로 "돈을 걸어주십시오!"라고 외쳤기 때문입니다. 이미 그의 눈빛은 흰 수염을 기른 러시아인이 위엄 있고 태연한 자세로 앉아 있던 쪽을 탐욕스럽게 바라보고 있었습니다. 러시아인은 우선 금화 하나를 신중하게 네 번째 칸에 놓았습니다. 그런 후에 조금 망설이다가 다른 금화 하나도 같은 칸에 놓았습니다. 그것을 보자마자 제 앞의 뜨겁게 달아오른 그 사람의 두 손은 금화 더미를 움켜쥐더니, 그것을 러시아인이 선택한 것과 같은 칸에 던졌습니다. 그런데 일 분쯤 후에 딜러가 "제로"를 외치고는 테이블 위의 돈을 모조리 쓸어가 버렸습니다. 그는 쓸려가는 돈을 불가사의하다는 듯이 넋을 잃고 바라보고 있었습니다.

혹시 당신은 어떻게 생각하시는지요, 그가 과연 나를 보려고 고개를 돌렸을까요? 그럴 리가 없지요. 그는 저를 완전히 잊어버린 상태였습니다. 저라는 존재는 그의 삶에서 가라앉았고, 상실되어 없어져 버렸습니다. 그의 팽팽하게 긴장된 감각은 오직 러시아의 노장군에게만 쏠려 있었습니다. 러시아 장군은 느긋하고 태연하게 금화 두 개를 손에 쥐고는 그 돈을 어떤 숫자에 놓을까 망설이고 있었습니다.

제가 얼마나 분노하고 절망했는지를 당신께 자세히 설명할 수는 없습니다. 하지만 제 입장을 좀 생각해 보세요. 자신의 삶 전체를 누군가에게 내맡겼는데, 그는 자신을 파리처럼 취급하며 태연히 손을 흔들어 쫓아버리려 한다면 어떤 느낌이 들겠습니까? 분노가 다시 파도처럼 저를 덮쳤습니다. 제가 그의 팔을 강하게 움켜잡자 그는 놀라서 어리둥절한 표정을 지었습니다.

"당장 일어나도록 하세요!" 저는 그에게 나직이 속삭였지만, 그것은 다분히 명령조였습니다. "오늘 예배당에서 맹세한 것을 기억해 봐요. 맹세를 깨어버리다니 참으로 가련하군요."

당황하여 저를 응시하는 그의 얼굴은 완전히 창백했습니다. 그의 두 눈은 갑자기 두들겨 맞은 개처럼 불쌍해 보였고 입술은 덜덜 떨렸습니다. 그는 단번에 과거의 일 모두를 기억하는 것 같았습니다. 그의 얼굴은 자기 자신에 대한 경악으로 일그러져 있었습니다.

"네, 그렇지요……. 네, 물론입니다." 그는 더듬거렸습니다. "이것 참, 맙소사……. 저도 진작에 그리 생각했어요, 용서하십시오."

이미 그의 손은 쌓인 돈을 모두 긁어모으고 있었습니다. 처음에는 정신을 차리고 격렬하게 움직이다가, 점차 태만해지며 느려졌습니다. 그러고는 점점 반대의 힘에 도로 밀리는 것 같았습니다. 그의 눈빛은 방금 돈을 건 러시아 장군을 향했습니다.

"잠깐만!" 그는 급히 다섯 개의 금화를 같은 칸에 던졌습니다. "부디 이번 한 번만……. 맹세합니다만, 저는 곧 갈 겁니다. 하지만 이번 한 번만은……."

다시 그의 목소리가 잦아들었습니다. 룰렛 공이 구르기 시작했고, 그는 공을 쫓아 그 공과 하나가 되었습니다. 이 미친 노름꾼은 저는 물론이고 자기 자신까지도 잊어버리고는, 작은 공이 굴러 들어가는 매끈한 원형 룰렛 판에 휩쓸려 들어갔습니다. 곧 딜러가 외치는 소리가 들려왔고, 다섯 개의 금화를 그에게서 긁어갔습니다. 그는 게임에서 졌습니다. 하지만 그는 몸을 돌리지 않았습니다. 그는 맹세뿐만 아니라 바로 일 분 전에 제게 했던 약속마저 잊었습니다. 그의 탐욕스러운 손은 덜덜 떨면서 이미 움푹 줄어든 돈더미 쪽으로 다시 움직였습니다. 그의 취한 듯한 눈빛이 가물가물 타올랐습니다. 그 눈빛은 자석에 끌리듯 건너편에 있는 행운의 전령만을 향했습니다.

저의 인내심은 무너지고 말았습니다. 저는 또 한 번 그를 붙들고 흔들었습니다. 그러나 이번에는 세차게 흔들며 외쳤

습니다. "지금 당장 일어서요! 게임은 이번만이라고 했잖아
요!"

그때 예기치 않은 일이 발생했습니다. 그가 갑자기 저를
노려보며 몸부림을 치는 것이었습니다. 이런 그의 얼굴은
더 이상 당황하며 쩔쩔매는 얼굴이 아니라, 이글거리는 눈
빛으로 입술을 깨물며 분노를 터뜨리는 얼굴이었습니다.
"나를 그냥 놔둬요!" 그가 저를 향해 부르짖었습니다. "저리
가요! 당신이 오면 재수가 없다고요. 당신이 있을 때면 늘 돈
을 잃어요. 어제도 그랬고 오늘도 그러니, 제발 가십시오!"

저는 순간적으로 놀라서 얼얼했습니다. 하지만 그의 황당
한 말에 이제는 저 역시 분노를 참을 수 없었습니다.

"내가 오면 재수가 없다니?" 저는 그를 윽박질렀습니다.
"이런 거짓말쟁이, 도둑 같으니라고. 당신은 맹세했잖아요!"

하지만 더는 말을 할 기회가 없었습니다. 왜냐하면 이 미
치광이가 자리에서 벌떡 일어나, 주변의 동요하는 사람들에
게는 신경도 쓰지 않고 저를 밀쳐버렸기 때문입니다. "나를
그냥 좀 놔둬요!" 그가 거리낌 없이 크게 소리쳤습니다. "나
는 당신의 후견을 받는 사람이 아닙니다. 자, 여기…… 당신
돈이니 받아요!" 그는 제게 100프랑짜리 지폐 몇 장을 던졌
습니다. "이제는 제발 좀 그냥 놔둬요!" 주변에 수많은 사람
들이 구경하든 말든 그는 흥분하여 큰 소리로 외쳤습니다.
모두가 우리를 쳐다보며 수군거리거나 손가락질하며 웃었
습니다. 인접한 홀에서까지 호기심을 가진 사람들이 몰려왔
습니다. 저는 마치 옷이라도 벗겨져서 알몸이 된 채 이 모든
사람들의 구경거리라도 된 것 같았습니다.

"조용히 하세요, 부인. 제발!" 이때 딜러가 위압적으로 크게 외치며 갈고리로 테이블을 두들겼습니다. 이런 사태가 벌어진 것은 바로 이 가련한 노름꾼 때문이었습니다. 모욕당한 저는 수치심에 얼굴을 붉히며 호기심 어린 시선으로 수군거리는 구경꾼들 앞에 서 있었습니다. 그들 앞에서 저는 마치 집어던진 돈이나 받고 살아가는 매춘부처럼 느껴졌습니다. 이백 개 또는 삼백 개의 무례하기 짝이 없는 눈들이 제 얼굴을 빤히 쳐다보고 있었습니다. 그런데 그때…… 그때였습니다! 참을 수 없는 치욕과 수치심에 주눅 들어 모든 눈빛을 피하며 시선을 옆으로 돌릴 때였습니다. 저는 경악하여 찌를 듯이 저를 응시하는 눈과 마주쳤습니다. 그 눈의 주인공은 바로 넋이 나간 듯 입을 벌린 채 놀란 손짓을 하는 사촌 시누이였습니다.

이로 인해 저는 심장이 멎을 것 같았습니다. 사촌 시누이가 놀라움을 진정하고 다가오기 전에 저는 홀을 급히 뛰쳐나왔습니다. 그러다가 어제 이 미친 도박꾼이 쓰러져 몸을 뉘었던 바로 그 벤치까지 달려갔습니다. 저도 그와 마찬가지로 힘없이 지치고 무기력한 상태가 되어 그 딱딱하고 가혹한 나무 벤치 위로 몸을 뉘었습니다.

이제 와서 생각하면 이 모든 것은 이미 24년 전에 일어난 일입니다. 그렇지만 무수히 많은 낯선 사람들 앞에서 그에게 모질게 조롱당하던 순간을 떠올리면, 지금 제 혈관에 흐르는 피가 싸늘해지는 느낌이 듭니다. 저는 우리가 항상 오만하게 부르는 영혼이나 정신, 감정, 고통 따위가 얼마나 약하고 가련하며 실체도 없는 것인지를 깨닫고는 다시 경악하

곤 합니다. 이 모든 것이 아무리 극단으로 치닫더라도 고통
스러운 육체, 만신창이가 된 육체를 완전히 파괴할 수는 없
기 때문입니다. 요컨대 우리는 그런 순간에도 벼락을 맞은
나무처럼 쓰러져서 말라 죽는 것이 아니라 계속해서 맥박이
뛰며 생존하기 때문입니다.

한순간 뼈마디가 욱신거리는 고통으로 인해 저는 벤치로
몸을 던졌습니다. 벤치에서 가쁜 숨을 내쉬며 멍하니 있자
니 죽음에 대한 예감에 사로잡혀 오히려 황홀감마저 느꼈습
니다. 그러나 제가 방금 말했듯이 고통은 비굴한 특성을 지
니고 있습니다. 고통은 삶을 향한 막강한 요구 앞에서 움찔
하며 물러섭니다. 삶을 향한 요구는 우리의 정신에 내재한
죽음의 열망보다 더 강력하게 우리의 육체에 근거를 두고
있는 듯합니다. 감정이 부서져 나간다는 것이 어떤 것인지
저도 설명할 길이 없었습니다. 하지만 저는 다시 벤치에서
일어섰습니다. 물론 무엇을 해야 할지는 알 수 없었습니다.

이때 불현듯 제 짐이 역에 보관되어 있다는 것이 생각났
습니다. 그러자 거기로 가야 한다는 생각이 몰아쳤습니다.
떠나라, 떠나라, 떠나라, 이곳을 떠나라, 이 저주받은 지옥으
로부터 떠나라고 몰아치는 것이었습니다. 저는 어느 누구도
생각지 않고 곧장 역으로 달려가 파리로 가는 다음 기차가
언제 떠나는지 물어보았습니다. 짐꾼이 10시라고 대답했습
니다. 저는 즉시 제 짐을 그 기차에 실어달라고 부탁했습니
다.

10시라고 하니 그 시간은 마침 우리의 끔찍한 만남이 있은
지 정확히 24시간이 지나간 때였습니다. 그 24시간 동안 어

처구니없는 감정들이 번갯불처럼 연속해 저를 휩쓸고 지나갔고 그로 인해 저의 내적인 세계는 완전히 산산조각 나고 말았습니다. 그러나 우선 저는 끊임없이 쿵쿵대는 리듬 속에서 단 한 마디 말만을 떠올렸습니다. 떠나라! 떠나라! 떠나라! 이마 안쪽에서 고동치는 맥박은 쐐기처럼 이 말 한마디만을 계속해서 정수리에 새겨 넣고 있었습니다. 떠나라! 이 도시를 떠나고 나 자신을 떠나라. 그리하여 내 가족이 있는 집으로, 과거에 있었던 나 자신의 삶을 향해 떠나라!

저는 밤새 기차를 타고 파리로 가서는, 그곳에서 여러 역을 거친 다음 불로뉴로 향했습니다. 이어서 불로뉴에서 도버로, 도버에서 런던으로, 런던에 도착해서는 아들이 사는 지역으로 향했습니다. 이 쫓기듯 시급히 서두른 모든 여정은 숙고 없이 수행되었습니다. 이 48시간의 여행에서 저는 잠을 자지 않았습니다. 말을 하거나 먹지도 않았습니다. 이 긴 시간 동안 기차는 떠나라는 말을 소리쳐 외치듯 모든 바퀴를 덜컹거리며 달려갔습니다.

마침내 제가 예기치 않게 아들의 별장에 들어서자, 모두가 깜짝 놀랐습니다. 저의 몸짓과 눈빛에 나타난 뭔가 특별한 낌새에서 저의 비밀이 드러날 것만 같았습니다. 아들은 저를 포옹하면서 입을 맞추려고 했지만, 저는 뒤로 물러서며 이를 피했습니다. 수치스럽게 느껴지는 제 입술에 아들이 입을 맞추려 한다고 생각하니 참을 수 없었습니다. 저는 무슨 일인지 물을 때마다 함구하면서 그저 목욕만을 원했습니다. 이렇게 한 이유는 여행의 먼지와 더불어 그 미치광이, 그 무가치한 남자의 열정으로 인해 몸에 달라붙은 흔적을 모조리 씻어내고 싶었기 때문입니다.

목욕을 끝낸 후 지친 몸을 이끌고 2층 방으로 올라가 나무 토막처럼 쓰러져 세상모르게 잠들었습니다. 12시간 내지 14시간 동안이나 잠을 잤는데, 여태 그토록 깊이 잠든 적이 없었습니다. 그러다 보니 죽어서 관 속에 누워 있는 것이 어떤 기분일지 알 것도 같았습니다. 제 친척들은 아픈 환자를 다루듯 저를 보살폈지만, 그들의 친절이 제게는 고통스러웠습니다. 저는 그들이 경외심을 갖고 저를 존중하는 것이 너무 부끄러웠습니다. 제가 비정상적이고 광적인 열정 때문에 그들 모두를 배반하고, 잊어버리고, 그들 곁을 떠나려고 했다는 것을 갑자기 실토하지 않도록 끊임없이 조심해야만 했습니다.

얼마 후 저는 아는 사람이 하나도 없는 프랑스의 소도시로 다시 정처 없이 떠났습니다. 이와 같은 선택은 누구든지 첫눈에 저의 수치스러운 사건과 이로 인한 변화를 알아볼지도 모른다는 강박관념 때문이었습니다. 그럴 정도로 저는 마음속 가장 깊은 곳까지 배신당하고 더럽혀졌다는 아픔을 뼈저리게 느꼈습니다. 아침에 침대에서 깨어날 때면 이따금 눈을 뜨는 것이 두려웠습니다. 반쯤 벗은 낯선 남자 옆에서 깨어나던 그날의 기억이 갑자기 저를 덮치면, 당시에 그랬듯이 당장 죽어버리고 싶다는 마음이 저를 사로잡았습니다.

하지만 결국 시간은 심오한 힘을 지니고 있습니다. 인생에서 나이는 모든 감정의 골을 희석하는 특이한 위력을 가지고 있습니다. 죽음이 다가오는 것을 느낄 때면, 그 그림자가 길 위에 어둡게 드리울 때면 사물들은 눈부시게 빛나는 힘을 잃고, 더는 우리에게 내적인 감각으로 다가오지 않습니다. 사물들은 그것이 지닌 위험천만한 위력을 대부분 상실하게 됩니다. 저는 천천히 그 충격을 극복해 나갔습니다.

오랜 세월이 지난 뒤 어느 모임에서 저는 오스트리아 공사관의 주재원인 폴란드 청년을 만나게 되어 그의 가족에 대해 물은 적이 있습니다. 청년은 자기 친척의 아들인 한 남자가 10년 전 몬테카를로에서 권총으로 자살했다는 이야기를 들려주었습니다. 저는 이 소식을 듣고 별로 놀라지 않았습니다. 거의 고통스럽지도 않았습니다. 어쩌면 저의 이기주의가 작용해서 그랬는지도 모르지만, 오히려 마음이 편안해지는 것 같기도 했습니다. 언젠가 다시 그를 만날 수도 있다는 두려움이 완전히 사라졌기 때문입니다. 제가 간직한 기억 외에 제게 불리한 증인은 더 이상 이 세상에 없게 된 것입니다. 그 이후로 저는 더 안정적인 상태가 되었습니다. 늙어간다는 것은 과거에 대해 더는 불안해하지 않는다는 것을 의미합니다.

지금쯤은 당신도 어째서 제가 갑자기 제 운명을 당신께 이야기하려 했는지 이해하실 것입니다. 당신이 앙리에트 부인을 변호하면서 24시간은 한 여자의 운명을 완전히 결정지을 수도 있다고 열변을 토했을 때, 저는 그것이 제 자신의 이야기라고 느꼈습니다. 최초로 제 입장이 증명된 것 같아서 당신에게 고마웠습니다.

그래서 저는 제 영혼 깊숙이 들어 있는 것을 이야기해 보자고 생각했습니다. 그러면 무겁게 짓누르는 강박과 영원히 변치 않을 기억의 잔재도 사라질지 모른다고 생각했습니다.

그러면 내일 그리로 가서, 운명적으로 그를 마주친 그 카지노로 들어설 수 있을 것이고, 그 사람과 나 자신도 증오하지 않게 될지도 모른다고 생각했습니다. 모든 것을 털어놓는다면, 과거를 육중하게 누르며 소생하지 못하도록 막고 있는 돌도 영혼에서 떨어져 나갈 것 같았습니다. 당신에게 이 모든 것을 이야기할 수 있어서 정말 좋았습니다. 지금 제 마음은 더 홀가분해졌고 거의 상쾌할 정도입니다……. 다시 한번 당신께 감사를 드립니다.

이렇게 말을 하다가 그녀가 갑자기 자리에서 일어섰고, 나는 그녀가 이야기를 끝냈다고 느꼈다. 조금 당황한 나는 무슨 말이든 한마디 하려고 했다. 하지만 그녀는 내가 말하려고 애쓰는 것을 감지하고는, 재빨리 나를 가로막았다.

"아니, 제발, 가만히 계십시오. 제게 어떤 대답이나 말씀도 하지 않았으면 합니다. 제 이야기를 들어주셔서 감사합니다. 편안한 여행이 되시기를 기원합니다."

그녀는 맞은편에 서서 손을 내밀며 작별을 고했다. 나는 무의식적으로 그녀의 얼굴을 쳐다보았다. 인자하면서도 살짝 부끄러워하며 내 앞에 서 있는 이 노부인의 얼굴은 내게 놀라울 만큼 매력적이었다. 지나간 열정이 되살아나며 노부인의 얼굴에서 빛이 나는 것 같았고, 다른 한편으로 볼부터 흰 머리칼까지 붉게 물들며 갑자기 발갛게 달아오르는 것은 그녀의 혼란한 마음을 반영하는 것 같았다. 노부인은 소녀처럼 제자리에 서 있었다. 추억에 혼란스러워하고 자신의 고백에 부끄러워하는 신부처럼 그렇게 서 있었다. 이런 그녀를 보고 나도 모르게 감동에 사로잡혀서 그녀에 대한 나의 경외심을 표현할 말을 찾으려고 무척이나 애썼다. 그러나 목이 메어 아무 말도 할 수 없었다. 나는 고개를 숙이고 노부인의 마른 손에 정중히 입을 맞추었다. 그녀의 손은 가을철의 낙엽처럼 가늘게 떨리고 있었다.

슈테판 츠바이크:열정의 에로티시즘

원당희

　슈테판 츠바이크는 1881년 오스트리아의 수도 빈에서 유대인 부모의 둘째 아들로 태어났다. 섬유 공장을 경영하던 아버지 모리츠Moriz는 독일어 외에도 영어와 프랑스어를 능숙하게 구사했고, 은행가의 딸인 어머니 이다Ida 역시 국제적인 감각을 지닌 여성으로서 이탈리아어에 능통했다. 이처럼 좋은 환경과 빈의 문화적 분위기에서 성장한 츠바이크는 어린 시절부터 연극과 오페라를 감상하거나 많은 고전 작품을 탐독하면서 문학적 감수성과 예술적 재능을 키워 나갔다.

　1900년에 츠바이크는 빈 대학교 철학과에 입학했으나 학업보다는 글쓰기에 몰두하면서 작가로서 준비 작업을 시작한다. 일찍이 보들레르와 베를렌의 시에 심취한 츠바이크는 이듬해인 1901년 상징주의와 표현주의의 영향이 뚜렷하게 각인된 시집 『은빛 현Silberne Saiten』을, 1906년에는 두 번째 시집 『때 이른 월계관Die frühe Kränze』을 발표하여 문단의 호평을 받았다.

하지만 이후 시가 자신의 경험 영역이 아니라고 판단한 그는 소설과 전기(또는 평전)에서 훨씬 더 탁월한 능력을 보여주기 시작한다. 가령 1904년에 네 편의 단편을 모아 출간한 『에리카 에발트의 사랑Die Liebe der Erika Ewald』은 이미 젊은 소설가의 성공적인 첫 작품으로 기록된다. 이후 1911년에 나온 단편소설 「불타는 비밀brennendes Geheimnis」, 「모르는 여인의 편지Brief einer unbekannten Frau」(1922), 「광란Amok」(1922), 단편 모음집 『감정의 혼란Verwirrung der Gefühle』(1927) 등은 츠바이크를 유럽에서 최고의 인기 작가 반열에 올려놓는다. 특히 본서에 수록된 「어느 여인의 삶에서 24시간」은 1925년 독일에서 출간된 후 1929년에 프랑스에서 소개되어 오히려 더 큰 반향을 얻었고, 「과거로의 여행」(1929)은 한동안 미발표 원고로 남아 있다가 1980년대 이후에 영미권에서 출간되어 뒤늦은 인정을 받았다.

소설 못지않게 독자들의 사랑을 받는 평전으로는 『인류 운명의 순간Sternstunde der Menschheit』[1](1927), 『마리 앙투아네트Marie Antoinette』(1932), 『세 거장』(1920)과 『악마와의 투쟁』(1925)을 묶어서 출간한 『세계를 건축한 거장들Baumeister der Welt』[2]등이 있다.

츠바이크 소설의 매력은 섬세하고 유려한 문체에서 연유

---

1 우리나라에는 『광기와 우연의 역사』라는 제목으로 출간되어 90년대 초에 베스트셀러가 되었고, 지금도 독자들의 큰 사랑을 받고 있다. 운명의 순간은 정치적 표어 '별의 순간'으로도 직역되곤 한다.
2 『천재-광기-열정』이라는 제목으로 출간. 톨스토이, 도스토옙스키, 발자크, 스탕달, 니체 등을 다룬다.

하기도 하지만, 그보다는 인간의 내적인 감정과 심리를 순간적으로 포착하여 서술하는 그만의 특유한 재능에서 나온다. 여기에 시적 감각을 바탕으로 하는 성애 묘사와 에로티시즘적 소설은 동시대의 어느 산문작가도 따를 수 없을 만큼 당대에 폭발적인 인기를 누리게 했다. (이와 관련하여 그는 "가장 내적인 감정"에 "수치심 없이" 다가가게 용기를 준 사람은 프로이트라고 말한 바 있다.) 이런 면 때문에 그의 대중적인 인기가 종종 비평가들 사이에 비난의 대상이 되기도 했다. 하지만 에로티시즘적 성향을 통하여 독특하게 표출되는 그의 작품의 진수는 토마스 만 같은 거장에 의하여 "사랑과 자유 정신의 분출"로서 높이 평가받았다. 그럴 것이 그의 에로티시즘은 어떤 경우에도 기품과 격조를 잃는 법이 없으며, 본질적으로 인간의 억압된 본성이나 그늘이 인간 사이의 공감적 이해, 이른바 **공감의 미학**으로 나타나기 때문이다.

이 책에 수록된 「어느 여인의 삶에서 24시간」, 「과거로의 여행」에서도 이와 같은 그의 문학적 면모를 충분히 느낄 수 있을 것이다. 우선 두 작품 모두 독일어권 문학에서는 노벨레라는 장르에 속하며, 이야기 방식은 기억이나 회상을 극적으로 서술하기 위한 액자소설의 형식을 취한다. 여기서 노벨레는 대체로 중·단편 소설에 해당하지만, 내용에서는 길이보다 그 특성에 주목해야만 한다. 노벨레는 주로 기이하고 괴상한 사건, 일상성에서 벗어나는 특수하고 비정상적인 관계나 사례, 병적인 행위와 개인의 일탈 등을 대상으로 삼는다. 그런 만큼 모든 사건도 ─ 거리와 객관성의 예술인 장편소설Roman과는 달리 ─ 주관적 감흥에 따라 빠른 진행을 보여주며 사건의 결말 역시 돌발적으로 끝을 맺는 경우가 많다.

가령 「24시간」은 도박에 빠진 청년과 그에게 관심을 쏟는 중년 부인 사이에서 24시간 안에 벌어지는 이야기를 서술하고 있으며, 「과거로의 여행」은 어머니처럼 자상한 부인과 그녀를 연모하는 젊은 남자의 미묘한 심리와 성적인 갈등을 회상 형식으로 그리고 있다. 츠바이크의 다른 소설들도 대체로 이와 유사한 유형을 보여주고 있다. 그의 유명한 소설 「감정의 혼란」은 대학 교수의 억제할 수 없는 동성애를, 「불타는 비밀」은 어린아이 눈에 비친 어른들의 욕망을 다루고 있고, 「환상의 밤」은 불감증에 빠진 주인공이 경마장에서 겪는 기이한 사건을 조명하며, 「모르는 여인의 편지」는 어느 여인의 일방적인 애욕과 안타까운 짝사랑을 주제로 한다. 하지만 이 모든 노벨레의 중심을 관통하는 것은 작가의 날카로운 **심리 묘사**와 **에로티시즘**이라고 할 수 있다.

「24시간」에서 소설의 구성은 언급한 바와 같이 이야기 속에 이야기가 들어 있는 액자 형식으로 이루어진다. 서술은 액자라는 바깥 틀의 이야기와 액자 내부의 회상이 서로 교대하면서 진행되고, 화자보다 더 중요한 역할을 맡은 영국 여성 C 부인의 고백이 회상을 통하여 독자에게 전달된다. 나이 지긋하고 고상한 C 부인의 회상은 25년 전 남편이 죽은 후 우울과 권태를 이기려고 찾아간 카지노에서 룰렛 게임에 빠져 자신도 모르게 격렬한 손동작을 보여주는 청년에게 호기심을 느끼면서 시작된다. 하지만 손동작에 집중하던 부인의 시선은 점차 청년의 표정이나 모습, 감정적인 변화에 주목하고, 급기야는 모든 것을 도박에 탕진한 후 나락에 떨어지려는 그의 절망적 상태에 연민과 동정심을 품는다. 정신분석적으로 말하자면 일종의 전이轉移[1] 또는 **공감 작용**이 일어나는 것으로, 도박에만 빠져서 부인의 친절 따위에는 무관심한 청년에게 기이하게도 사랑을 느꼈다는 C 부인의 솔직한 고백이 결국은 이 소설의 핵심을 이룬다.

「과거로의 여행」역시 제목에서도 예견할 수 있듯이 액자 소설의 형식을 취하며 옛사랑에 대한 주인공의 회상이 중심적인 내용을 이룬다. 여기서는 액자의 틀 내용이 맨 앞부분에 나오는데, 멕시코로 파견 근무를 나간 주인공은 연모하는 부인과 헤어진 지 9년 만에 프랑크푸르트역에서 만나 하이델베르크로 기차 여행을 떠난다. "요람처럼 흔들리는 기차" 안에서 "두 사람은 제각기 여러 상념에 빠져들었고", 주인공은 꿈을 꾸듯 먼 과거로 되돌아가며 액자 내부의 이야기가 시작된다.

가난한 집안에서 온갖 고난을 이기고 기업에 연구원으로 채용되었다가 사장의 개인 비서가 된 젊은 주인공은 사장 집에 기거하면서 첫눈에 사장 부인을 사랑하게 된다. 자상한 어머니처럼 따뜻하게 그를 보살피던 부인에게서 성녀 같은 느낌과 동시에 에로스적 욕망을 느낀다는 것이 츠바이크가 조명하려는 미묘한 에로티시즘의 갈등 구조이다. 주인공은 부인도 자신을 사랑한다는 것을 알게 된 이후로 키스와 애무 등으로 열정을 불태우지만, 끝내 그녀의 육체를 완

---

1   프로이트는 츠바이크에게 보내는 서신에서 상담자와 피상담자 사이에 일어나는 '전이'를 츠바이크 소설에서 자주 볼 수 있다고 적는다. 그러나 창조적인 작가에게 그것은 감정적 소통으로서의 인간 이해, 공감에 해당한다고 하겠다.

전히 소유할 수는 ─ 여전히 윤리적인 한계를 넘어설 수는 ─ 없었다. 이후 그는 9년 후에 부인과 극적으로 재회하며 이런 애욕의 갈등에 다시 휘말린다. 그러나 '현실의 저항Widerstand der Wirklichkeit'이 이 소설의 원제인 것처럼 그의 육체적 소망은 윤리적 한계 외에도 몇 가지 현실적인 문제로 좌절된다. 즉 2년간의 파견 근무가 제1차 세계대전의 발발로 지연된다는 점, 그 사이에 멕시코 현지에서 결혼하여 가장이 된다는 점, 이후 부인도 스스로 늙었다는 것을 의식한다는 점 등이 방해 요소로 작용한다. 그 밖에 두 연인이 호텔에 투숙하는 과정에서 민족주의에 열광하는 증오심 가득한 시위대를 만난다거나 호텔 매니저의 불친절한 태도에 두 사람 모두 기분이 상했다는 점도 부정적인 요소로서 지적할 수 있을 것 같다.

결국 격정으로 들끓던 주인공의 욕망은 회상을 통한 반복적 사유와 자기 성찰을 거치며 다음과 같은 시적 독백으로 끝을 맺는다.

얼어붙고 눈 내린 옛 공원에서
두 그림자가 과거의 흔적을 찾고 있구나.

과거로의 여행

초판 인쇄	2022. 8. 8.
초판 발행	2022. 8. 15.
저자	슈테판 츠바이크
역자	원당희
발행인	이재희
출판사	빛소굴
출판 등록	제251002021000011호(2021. 1. 19.)
팩스	0504-011-3094
ISBN	979-11-975375-4-7 (03850)
이메일	bitsogul@gmail.com
홈페이지	www.bitsogul.com